DU MÊME AUTEUR

Aux Éditions Gallimard

OUREGANO, *roman*, 1980. Prix Valery-Larbaud (Folio n° 1623)

PROPRIÉTÉ PRIVÉE, *roman*, 1981 (Folio n° 2115)

BALTA, *roman*, 1983 (Folio n° 1783)

UN MONDE À L'USAGE DES DEMOISELLES, *essai*, 1987. Prix de l'essai de l'Académie française (Folio n° 3807)

WHITE SPIRIT, *roman*, 1989. Prix François-Mauriac, Grand Prix du roman de l'Académie française 1990 (Folio n° 2364)

LE GRAND GHÂPAL, *roman*, 1991 (Folio n° 2520)

LA FILLE DU GOBERNATOR, *roman*, 1994 (Folio n° 2864)

CONFIDENCE POUR CONFIDENCE, *roman*, 1998. Prix Goncourt (Folio n° 3349)

SUCRE ET SECRET, *roman*, 2003 (Folio n° 4090)

LA BÊTE À CHAGRIN, *roman*, 2007 (Folio n° 4715)

C'EST FORT LA FRANCE !, *roman*, 2013 (Folio n° 6051)

DES CHAUVES-SOURIS, DES SINGES ET DES HOMMES, *roman*, 2016 (Folio n° 6348)

MES AFRIQUES, *romans*, Quarto, 2019

LA CÉCITÉ DES RIVIÈRES

PAULE CONSTANT
de l'Académie Goncourt

LA CÉCITÉ DES RIVIÈRES

roman

nrf

GALLIMARD

*Il a été tiré de l'édition originale de cet ouvrage
trente exemplaires sur vélin rivoli
des papeteries Arjowiggins numérotés de* 1 *à* 30.

à Auguste Bourgeade

C'est à l'Afrique que je veux revenir sans cesse, à ma mémoire d'enfant. À la source de mes sentiments et de mes déterminations. Le monde change, c'est vrai, et celui qui est debout là-bas au milieu de la plaine d'herbes hautes, dans le souffle chaud qui apporte les odeurs de la savane, le bruit aigu de la forêt, sentant sur ses lèvres l'humidité du ciel et des nuages, celui-là est si loin de moi qu'aucune histoire, aucun voyage ne me permettra de le rejoindre.

J.M.G. LE CLÉZIO,
L'Africain

1

Seul, en haut de la passerelle, un léger vertige l'arrêta. Un passage à vide, son corps d'obèse flottait. La lumière lui fermait les yeux, il ne tenait pas debout. Il fallait se remettre en route, récupérer tout son poids pour avancer du pas raide des gens ankylosés. Il décomposait ses gestes : s'arrimer à la rampe, plier le genou, lancer la jambe, ne pas s'effondrer. Il pensait au pape qui avait baisé le tarmac de son pays natal. Disparu des radars, agenouillé au milieu des officiels, la bouche sur le sol, les bras en croix. Peut-être s'attendait-on à ce qu'il fît de même : embrasser le bitume et crier : Afrique, terre chérie ! La rigolade.

Le dernier à sortir, et par la porte de devant, celle du président alors que journalistes et ministres étaient descendus par-derrière et attendaient devant le tapis rouge d'être présentés par le président au chef de l'État qui était venu l'accueillir. Les photographes avaient mis en place les caméras pour fixer la scène assez banale d'un président français en visite dans une ancienne colonie, qui n'était plus une colonie mais au fil du temps un pays frère, puis ami et maintenant que les liens s'étaient dissous, vague et ancienne connaissance, voire présence encombrante.

Tous les objectifs étaient sur Éric Roman qui, vu d'en bas entre les fanions de l'avion présidentiel, semblait dominer la scène dans une expression outrancière de la mégalomanie dont on le taxait.

— *No limit*, dit le photographe vedette du *Grand Magazine* en immortalisant l'imposante silhouette en contre-plongée.

— Depardieu façon Depardiou, commenta la jeune journaliste à qui il avait passé son appareil pour qu'elle visionnât l'image alors qu'avec toutes les difficultés du monde Éric Roman attaquait la descente d'une démarche lourde et cassée.

— Plutôt Orson Welles dans Shakespeare, corrigea le photographe en récupérant son appareil.

— En tout cas, reprit la jeune femme qui ne voulait pas entrer dans un débat d'une autre époque, tu as la couverture.

Les deux chefs d'État avaient passé en revue la garde présidentielle. Ils se dirigeaient vers les officiels lorsque le président français, sensible au silence des journalistes qui s'étaient éloignés, se tourna dans la direction où ils avaient disparu et où tous les regards se portaient. Il aperçut Éric en majesté qui dominait la scène entre les deux drapeaux. Il sourit et, le désignant à son homologue interloqué :

— Notre Prix Nobel !

Le président africain précisa :

— Le docteur des rivières.

Éric se demanda comment ses jambes s'étaient remises en marche, comment il avait pu descendre. Sur le tarmac son corps reprit tout son poids et avec lui cette difficulté d'être trop grand, trop gros, trop lourd. Son dos tirait, sa peau le grattait autour d'un eczéma qui fleurissait sous sa barbe. D'un geste de la main, il s'assura que la mèche qui camouflait une cicatrice sur le haut du crâne ne s'était pas décollée. Le voyage, les gens, les officiels, la presse l'emmerdaient. Qu'est-ce que je fous là ? Je n'aurais jamais dû venir. Sa notoriété l'écrasait d'un poids supplémentaire qui l'empêchait de respirer où qu'il allât. Seul son laboratoire américain était à sa taille, une énorme carapace futuriste où ses organes comme ses pensées se mouvaient en apesanteur.

Il prit d'un pas hésitant la direction de la sortie Voyageurs. Subjugués, la presse, les ministres et les personnalités regardaient Éric, sa petite besace sur l'épaule, qui s'esbignait en simple touriste. La fanfare présidentielle se mit au tempo de sa démarche en jouant, tournée vers lui, la marche consulaire destinée aux deux chefs d'État et naturellement, comme sur une piste de danse on épouse le rythme de son partenaire, son corps d'ours se mit à se balancer en rythme en direction du panneau qui souhaitait la bienvenue à la France. Les deux gendarmes affectés à la protection des hautes personnalités le rejoignirent en quelques foulées.

Le président l'invitait dans sa voiture. Ils iraient ensemble jusqu'au palais des congrès où le président devait faire son discours. Il lui était demandé comme une faveur d'y assister.

— Mais, rétorqua Éric, je ne devais pas partir tout de suite à Petit-Baboua avec l'équipe du *Grand Magazine* ?

— Nous allons vous escorter, dit le Major, en désignant

deux 4×4 bien visibles au milieu des limousines, nous vous attendrons devant le palais.

Éric emboîta le pas du Major qui lui ouvrait le chemin, doublant les ministres, le général, un écrivain et les vingt journalistes. Il faisait l'objet d'une attention ardente, d'une vénération quasi religieuse dont il ne savait pas à cet instant si c'était le président qui les lui apportait ou si c'était lui qui en faisait l'onction au président.

Il ne va pas jusqu'à me proposer sa place, constata-t-il en montant par la portière arrière gauche pendant que le président s'installait protocolairement à droite et l'aide de camp qui avait pris le relais du Major devant avec le chauffeur. Il vérifia que les 4×4 qui lui étaient primitivement destinés suivaient. Ils faisaient dans la ligne des limousines noires et brillantes une curieuse ponctuation broussarde. Il se fit la réflexion qu'il pourrait y monter si l'autre lui cassait les pieds. Il était énorme, le président plutôt fluet, il le cachait à la foule qui se pressait tout le long de la route qui allait de l'aéroport à la Capitale.

— C'est vous qu'ils saluent, dit le président en lui montrant la file ininterrompue qui les escorterait jusqu'à la ville, vous êtes leur sauveur.

Les femmes portaient des boubous jaune clair sur lesquels sa tête était imprimée sous un arc-en-ciel porté par deux angelots roses et charnus. Éric Roman avait fait la une de tant de journaux, de tant d'émissions télévisées qu'il n'en était pas surpris. Il était plus célèbre dans le monde que Brigitte Bardot et Che Guevara réunis. En France, ses yeux bleus et son nez rouge remplaçaient sur les tee-shirts blancs l'emblème national. Ici l'impression du boubou jaune avait quelque chose de frais, d'enfantin et de léger comme ces tableaux naïfs que l'on trouve dans les églises, il s'aimait bien en ex-voto. Et le jaune pâle dévidait sur l'autoroute un long ruban vaporeux qui nouait ce cadeau africain. Sur les boubous, il manquait la tête du président qui n'en prenait pas ombrage parce que, depuis belle lurette, il s'était, lui, incarné dans le drapeau français. Il n'y avait pas non plus de drapeau français.

— Nous allons la reconquérir ! lui dit soudain le président en posant sa main sur la sienne.

— Qui ? Quoi ? demanda Éric qui ne savait trop que faire de cette main qui s'attardait.

— L'Afrique, voyons !

Éric partit d'un grand rire triste. Il retira sa main et tapota celle du président qui se trouvait maintenant dessous.

2

Devant le palais des congrès, les deux 4×4, fanions aux portières, patientaient depuis deux heures. À la surprise de tous le président reconduisit Éric Roman jusque sur les marches: « Si vous saviez l'envie que j'ai de vous accompagner… c'est votre Afrique que j'aime, celle-là… », il eut une moue dépréciative vers le bâtiment majestueux où les amis de la France, sous une appellation moins positive, avaient été réunis pour la conciliation de la dernière chance. Il en est des pays comme des couples, quand on ne s'aime plus on ne s'aime plus et le rappel du passé ne sert que de combustible à la mésentente qui couve et qui bientôt flambera en haine. Il tenta une accolade et devant la taille et le poids d'Éric, n'y parvenant pas, lui serra fortement le bras, et s'effaça pour le laisser descendre.

Les gendarmes de la protection des hautes personnalités sortirent du premier véhicule, Éric reconnut le Major et le Second qui l'avaient récupéré à l'aéroport. Ils lui présentèrent Karim qui avait préparé sur place la mission. Karim déploya une carte sous les yeux d'Éric. Son doigt remontait le cours du fleuve qui traversait le pays d'ouest en est. Normalement on pouvait atteindre Petit-Baboua, 500 km à vol d'oiseau, en une journée mais avec le retard pris par la cérémonie, on ne serait sur place que le lendemain. Ce soir on s'arrêterait au bord du fleuve près de Nanga-Eboko, demain on ferait une pause à Ouregano et on pourrait arriver en début d'après-midi à Petit-Baboua.

— Ça fait peut-être beaucoup de voiture d'affilée? questionna le Major.

Éric haussa les sourcils, il ne savait pas, il n'avait jamais fait ce trajet en voiture, seulement celui d'Ouregano à Petit-Baboua, qui dans son souvenir prenait du temps.

— Oh! ne vous en faites pas, répliqua Karim, les Chinois ont construit de belles routes.

Il l'accompagna vers le second 4×4 devant lequel le photographe et la journaliste attendaient.

— Ben Ritter, dit le photographe en se présentant.

La journaliste s'avança.

— Irène..., prononça-t-elle, mais son nom se perdit dans l'intérêt soudain qu'Éric manifestait à Ben.

— Ah! je suis content de vous connaître. Vous savez que j'ai votre photo dans mon bureau.

— J'ai vu ça, dit Ben.

— En deux sur deux, précisa Éric, ma tête en perspective de celle de Coco, le gorille.

— J'ai vu ça, répéta Ben.

Éric avait ignoré la journaliste, il ne retiendrait pas son nom, à peine son prénom.

Il s'effondra devant, sur le siège près du chauffeur. Il jeta un bref regard par-dessus l'épaule vers Irène qui occupait le siège de gauche juste derrière le chauffeur. Elle était brune, mince et pâle. Jolie? Pas au premier regard, trop tendue. Le photographe, lui, se tenait de l'autre côté dans un angle mort. Éric s'adressa donc à Irène. Elle ouvrit son iPhone.

— Alors, c'est notre petit voyage sentimental ?

La journaliste se dit que si le voyage commençait sur ce ton, il finirait mal ! Sa rédactrice en chef l'avait alertée contre les tentatives d'enjôlement de tout individu masculin qu'elle aurait à interviewer : « Tu es une femme, tu es jeune, alors tiens-toi sur tes gardes. » La rédaction regorgeait de témoignages où la victime, jeune journaliste, photographe, thésarde ou stagiaire, s'était trouvée seule face à un prédateur qui, bénéficiant d'une aura médiatique soutenue par une réputation exemplaire, avait brisé sa carrière et sa vie, au moins son estime de soi. Ça va être mon tour, se dit Irène, et l'abus aura le visage de cet affreux bonhomme. Elle s'interrogeait, question fondamentale : L'appréhension du viol, est-ce déjà un viol ? Elle se tourna vers Ben, qui le nez dans ses précieux appareils qu'il réglait ne réagissait pas à ce qu'il avait entendu, comme si cela ne le concernait pas. Cette attitude disait assez qu'il n'interviendrait pas. Quoi qu'il arrive, il ne la protégerait pas.

C'était l'éternelle rivalité journaliste-photographe, femme-homme, surtout sur les terrains sensibles. Elles veulent aller en reportage, qu'elles y aillent, mais alors qu'elles assument de A à Z. Il n'était pas son garde du corps, son assistant, son faire-valoir. Et encore celle-ci ne s'était-elle pas comme d'autres improvisée, iPhone à la main, reportère de guerre. Par bonheur, on n'était pas en plein conflit et *Le Grand Magazine* avait besoin de ses photos. Il montrerait un homme qui retrouve le pays de son enfance, qui revisite des lieux qu'il n'a pas vus depuis plus de cinquante ans, qui explique à l'occasion du prix Nobel comment tout est né là, sa vocation pour la médecine et les maladies infectieuses. Comment, enfant, il s'était mis en tête de sauver l'humanité. Mais il regrettait, son silence le manifestait, de ne pas être seul dans l'auto avec Éric, les bonnes photos s'obtiennent au fil de la complicité. Il le sentait noué, taiseux, grande gueule et fragile. Tout ce que le corps étalait, le cœur le resserrait. Il savait ouvrir à l'objectif les hommes de ce genre.

3

La journaliste s'embarquait dans l'aventure encore plus seule qu'elle ne le pensait, elle ne pouvait compter que sur elle et sur le dossier qu'elle avait préparé dans la hâte. Puisque c'est seulement la veille du départ que la rédactrice en chef, la Vieille, l'avait fait appeler, ce qui était un événement en soi, pour lui annoncer que, ne désirant pas participer au voyage, elle lui en confiait la mission. Que ce serait elle, Irène, vingt-sept ans, qui la remplacerait. L'auréole de la consécration brillait au-dessus de la tête de la jeune femme : Éric Roman, le Nobel, l'Afrique, Ben Ritter, huit pages et sa signature. Tout de suite la rédactrice en chef la doucha : elle n'aimait pas l'Afrique, Éric Roman était insupportable, mal embouché, mégalo et parano. Elle lui avait déjà consacré une demi-douzaine de reportages. Elle était même allée aux États-Unis l'interviewer au moment du sida – oui, elle était de cette époque et lui aussi –, elle avait enchaîné les articles, d'Ebola au chikungunya en passant par la dengue et le Zika. Il l'avait saoulée avec ses théories génético-épidémio-virales auxquelles on ne comprenait rien, appuyées par une philosophie fumeuse qui était son espace de fuite devant la réalité.

Les lecteurs savaient tout ce qu'il y avait à savoir sur ses recherches, et son Nobel avait été largement commenté. Irène n'était pas là pour leur faire un cours de médecine mais pour leur raconter ce qu'avait été la vie, entre ses douze et quinze ans, d'un jeune garçon au sein d'un hôpital de brousse, près d'une léproserie dirigée par un père médecin militaire qui avait dans son paquetage la guerre d'Indochine et celle d'Algérie. Lui tirer des souvenirs simples, humains, émouvants, l'amener sans qu'il s'en aperçût à la scène primordiale, celle qu'il avait oubliée à force de ne pas l'oublier.

La conversation, ou plutôt le monologue, s'étirait. La Vieille en était à ce moment où, lasse de tendre son micro, elle réclamait de le tourner vers elle. La jeune journaliste assise en face, tout ouïe et pleine de gratitude, était le déversoir parfait pour écouler le trop-plein d'amertume accumulé par sa carrière de femme dans un monde d'hommes. Elle lui avait dévoilé l'envers du décor et fait la galerie, haute en couleur, des personnages considérables qui après un meeting, un voyage, un congrès, dans un train, dans un avion ou même comme Irène, en ce moment, dans une voiture, avaient laissé libre cours à leur imagination érotique, mettant à profit une dextérité sexuelle qu'on n'aurait pas attendue de types plutôt pondérés. Les voyages présidentiels et les congrès médicaux tenaient le haut du défoulement. Alors, une jeune femme, qui se confrontait au sein d'un voyage présidentiel à une sommité médicale, cumulait les risques.

Si ce doit être un duel c'en sera un, pensait Irène galvanisée. Elle serait « professionnelle », le mot agissait sur elle comme un talisman. Avec elle ni flou ni loup, elle ne se laisserait pas embobiner. Pas un mot, pas un geste, pas une attitude, elle ne laisserait rien passer et cela, il fallait le marquer tout de suite. « Sentimental » était de trop !

Éric avait remarqué le raidissement de la fille, il mesura le vide qu'il y avait entre eux. Les quarante ans qui les opposaient auxquels il fallait ajouter la génération qui le séparait, lui, de son père. Il se mit à chantonner la chanson qu'il avait entendue enfant : « *Un petit voyage sentimental au pays des souvenirs…* ». Et comme il ne se souvenait plus exactement du vers qui suivait, voulant provoquer sa mémoire, il reprit depuis le début : « *Un petit voyage sentimental…* » Une fois, deux fois, sa mémoire n'ouvrait pas le texte si émouvant qui raconte comment les boys après la guerre étaient revenus chez eux aux États-Unis. Comme le poème de du Bellay qui parle de petit village et de clocher, les paroles pouvaient s'appliquer à tous les retours…

Dans la voiture, la journaliste et le photographe entendaient une voix mal assurée qui tournait, disque rayé, avec les craquements et les frottements d'une intonation usée qui chevrote et dit son âge. Pendant qu'Irène remarquait que le « notre » avait disparu de la chanson, donc qu'elle avait eu raison de s'alerter, la mémoire revint brusquement à Éric, pas pour lui livrer les couplets mais les circonstances attachées à cette chanson.

C'était à Petit-Baboua, l'hôpital que son père dirigeait, dans leur maison sous la tôle. L'atmosphère était tendue car Éric, qui avait douze ans et étudiait par correspondance, devait ce jour-là rassembler en toute hâte l'ensemble de ses devoirs. Son père se rendait à Ouregano où l'avion navette faisait l'aller-retour une fois par semaine. Devoir de maths, devoir de français, devoir de sciences naturelles que son père bourrait nerveusement dans une grande enveloppe à destination de l'enseignement à distance. Son regard se figea sur le devoir d'anglais, une version d'un texte de Sterne. Un hoquet, il lut le titre qu'Éric avait souligné en tête de la copie: « Une journée sentimentale ». « Là, dit-il à Éric, là », de l'index, il lui montrait le titre de la version tout en agitant la feuille sous ses yeux. « Là ! Tu vois ce que je vois ? » Éric ne voyait que le titre « Une journée sentimentale » qui à son avis traduisait bien *A Sentimental Journey*. « Ce n'est pas possible », dit le père dont l'exaspération montait, et il se mit à chanter en anglais et en français: « *C'était un petit voyage sentimental* », de plus en plus haut, de plus en plus fort, « sentimental ». Oui et alors ? Éric était sûr de « sentimental » donc sûr de « journée », le tout ne lui semblait pas très compliqué et il ne voyait pas où se logeait le problème qui irritait son père. La chanson qu'il avait entendue en d'autres temps en anglais, car son père aimait bien essayer sa voix de crooner, endormait son jugement. Bientôt, devant la colère qui se déchaînait, il ferma les écoutilles et descendit profond en lui-même à un endroit où il n'entendait plus et où il ne pouvait pas voir l'ongle de son père qui griffait le papier juste sous « journée ». « Tant pis pour toi », dit le père en ramassant la copie blessée et en l'introduisant dans l'enveloppe avec les autres. Et puis le jugement tomba, toujours le même: « En prison, en prison pour médiocrité. » Quand la copie corrigée lui fut renvoyée un mois après, par le chemin du terrain d'aviation d'Ouregano, des cent kilomètres dans l'ambulance des grandes endémies conduite par son père, quand il eut le droit d'ouvrir l'enveloppe sous le regard du même père qui se précipita sur la copie d'anglais, il vit sa faute. Sur la copie parfaite, le correcteur n'avait eu qu'à mettre son encre rouge dans la cicatrice laissée par l'ongle du père et noter en marge « faux ami ».

Éric avait cessé de tenter de retrouver les paroles de *Sentimental Journey*, mais sa mémoire qui venait de s'ouvrir régurgita à l'adresse de la fille :

— Un slow fox de Bud Green, Lew Brown, Ben Homer...

— Chanté en 44 par Doris Day et repris en français en 45 par Yvette Giraud, continua Ben Ritter, sur les paroles de Jacques Plante, orchestre dirigé par Marius Coste...

Irène allait de l'un à l'autre, le regard vide, avec une pointe de ressaisissement :

— 1944, 45 quand même ! Pourquoi m'en souviendrais-je puisque je n'étais pas née ?

— *A Sentimental Journey*, continua Éric, Sterne, 1768, vous n'avez pas lu ça ?

Pourquoi l'aurait-elle lu ? Ce n'était pas le propos.

— Justement si, dit Éric, cela me concerne, *Mon petit voyage sentimental / par ses mille et cent détours / me ramène à mon village natal / où m'attendent mes amours / Où m'attendent mes amours / Où m'attendent mes amours.*

Irène, révoltée, voyait une provocation dans la répétition libidineuse, lorsque Éric interrompit sa litanie.

— Votre article, vous devriez l'intituler : *A Sentimental Journey*. Alors, c'est sûr, vous blufferiez votre monde.

4

Ce voyage était une mauvaise idée. Accompagner le président et accréditer ainsi qu'il le soutenait en France et à l'international était une mauvaise idée. Au sein de ce périple, se laisser embarquer par *Le Grand Magazine* pour revenir sur les traces de son enfance africaine était une mauvaise idée. Parcourir des centaines de kilomètres de routes défoncées par les grumiers était une mauvaise idée. S'il avait voulu faire le *Sentimental Journey*, il l'aurait fait plus tôt, quand il était jeune, au début de ses recherches sur les infections tropicales. Après tant d'années, presque cinquante ans, que reste-t-il d'un village de boue, d'un poste médical précaire, d'une léproserie désaffectée et de la petite maison au toit de tôle ? Le temps de l'oubli est plus rapide ici, le temps de la décomposition aussi. Les arbres désossent les pierres, les herbes envahissent les maisons, la ferraille rouille, le bois pourrit, les chemins s'effacent et la mémoire flanche. Se confronter à cette absence au nom de l'idée convenue que l'enfance est un paradis perdu était une mascarade… Son enfance avait été atroce et sa vie là-bas, un enfer dont il n'avait jamais parlé à personne mais qui affleurait dans sa biographie où la journaliste avait coché toutes les incohérences.

Pourquoi un savant de ce renom n'était-il pas allé à l'école ? Pourquoi un scientifique de ce niveau n'avait-il obtenu qu'un bac littéraire et sans mention ? Pas de maths spé, pas de grande prépa, et à la faculté de médecine pas d'internat prestigieux. Une errance de deux-trois ans correspondant à un service dans les Peace Corps. Un passage à l'Institut Pasteur. Une bourse pour Harvard, un rattachement aux Tropical's Diseases d'Atlanta, et depuis plus de vingt ans son propre laboratoire à Wichita. Peu hexagonale la carrière du héros national ! Comme toujours la France récupérait au sein d'une équipe américaine le savant dont elle ignorait l'existence et à travers lui s'arrogeait un prix Nobel de médecine.

La spécialité du grand homme, était-ce encore de la médecine ? N'était-il pas, au nom de la microbiologie des fleuves et des rivières, rivé à son microscope comme Pasteur, Koch ou Yersin auxquels il se comparait sans vergogne ? Pourquoi tenait-il tant à se présenter comme un praticien hospitalier qui consulte, pose un diagnostic et fait la visite avec ses étudiants ? La parasitologie, la virologie, comme la biologie, Irène ne faisait pas bien la différence, n'étaient-elles pas un monde à part où les savants confinés entre eux au milieu d'appareils futuristes voyaient apparaître des bactéries nouvelles comme les astrophysiciens voient grandir dans leurs lunettes des mondes disparus ? Pourquoi Éric se parait-il de l'humanité de ces médecins d'autrefois qui, faute de sauver la vie, accompagnaient la mort en se penchant sur leurs patients en bout de course pour leur fermer les yeux ?

La route montait, descendait dans un entrelacs de collines pointues qui avaient donné sa mauvaise réputation à l'aéroport et avaient surtout empêché que fût construite l'autoroute ou la double voie qui libèrent les villes tentaculaires. En quête du fameux pont de l'Indépendance qui les délivrerait, les 4 × 4 disparaissaient dans ce labyrinthe qui ne voulait pas s'ouvrir. Éric eut la tentation d'arrêter tout, de demander à revenir en France sur-le-champ, il en avait le pouvoir, y compris de réquisitionner l'avion présidentiel et de repartir seul.

— Qu'est-ce qu'on fait, demanda-t-il en se tournant vers Ben, comme si la question les concernait tous les deux et seulement eux. On se taille ?

En réponse, le fleuve apparut dans une dimension qui échappait aux regards. Éric fut submergé par cette émotion qui l'étreignait chaque fois qu'il se trouvait face à un de ces géants, Congo, Niger ou Nil. Il se rappelait le choc de la première rencontre à Belém avec l'Amazone qu'il avait remonté jusqu'à Iquitos… Ici il ne s'agissait que de suivre le fleuve par la route, de le voir apparaître, disparaître, s'élargir à perte de vue ou s'étrangler vers sa source. Parfois voilé par une brume irisée de gouttelettes brillantes comme un oiseau qui s'ébroue, ici lourd et sombre comme une plaque de fonte. Déterminé et sourd. Impassible et aveugle.

— La cécité des rivières…, prononça Éric devant le fleuve noir dans lequel le soleil brisait ses derniers rayons.

Il y a parfois dans les paroles qui passent un mot qui retient votre attention, plus rarement une phrase qui vous éblouit en vous cachant le reste du discours, quelques mots jetés qui vous embrasent. « La cécité des rivières » fit cet effet-là sur la journaliste. Elle l'entendit comme une énigme savante dont Éric avait la clef qui ne pouvait ouvrir que sur une vérité sacrée. Elle s'appliqua à lui trouver un sens avec ce qui défilait sous ses yeux, le fleuve comme un serpent aveugle qui glisse entre les rives visqueuses, ce fleuve opaque aux bruns contrastés, ce fleuve sans fond, noir sous le ciel gris de chaleur, cette force qui va, cette entité plus puissante que tout ce qui existait autour, cette divinité à l'origine de la vie.

Dans sa torpeur méditative, elle entendait Éric évoquer les épidémies successives sorties de l'eau comme des étapes incontournables de la vie des fleuves et des rivières. Elle n'était pas familière de tous ces noms savants mais elle en reconnaissait certains, polio, choléra, typhoïde. En revanche elle ne savait pas bien ce qu'étaient la trypanosomiase, la leptospirose, l'onchocercose. Elle s'enhardit à demander ce qui rendait ces endroits si infectieux. Pourquoi cet élément indispensable à la vie apportait-il la mort ? Alors Éric raconta.

5

Le fleuve était le bouillonnement primitif où naît le vivant qui met toutes ses forces à se reproduire autant par les formes les plus élaborées que par les comportements les plus élémentaires. Sur terre, on connaît la tique qui attend dans un buisson qu'une forme chaude passe pour se laisser tomber dessus. Ici, c'était le même principe mais invisible, multiplié par millions, car dans le fleuve la vie ardente et vorace ne se voyait pas, elle était l'eau elle-même. Elle était dans les animaux de toutes espèces, herbivores, oiseaux, carnassiers, poissons et batraciens, tous les Nommés qui viennent boire ou nager et qui ingurgitent l'Innomé, le logent dans l'estomac, le foie, les intestins, dans l'œil, le bec, sous les plumes, dans la peau et le couvent dans le nid chaud et humide du vivant. Un monde souterrain que l'Innomé perce, racle, fouille, tète, avale, suce. Un monde qu'il colonise, où il pond ses œufs, se tronçonne, s'allonge, grossit jusqu'à ce qu'il force le Nommé affaibli, exsangue, aveugle, pelé, à l'expulser à l'endroit précis où il mettra au monde ses larves par millions. Il se servira de son cadavre, s'il le faut, dans les sucs de la putréfaction ou en l'assoiffant pour le conduire avec toutes ses multiplications virulentes au point de départ, l'eau originelle qu'il réensemencera. Le parasite, sans tête, sans yeux, la plupart du temps un vague tube digestif, s'emparait du cerveau d'un vertébré et lui imposait sa volonté. Le ver gouvernait l'éléphant et l'obligeait à s'abandonner à une force vitale plus puissante que la sienne. Les éléphants disparaissaient, les Innomés se multipliaient.

Au bout de la chaîne, l'homme, aux entrailles délicates et à la peau fine, était un porteur particulièrement apprécié de l'Innomé des Innomés, sa conquête suprême, son cheval de Troie le plus efficace, à croire qu'il en était le Dieu créateur ! Ce mammifère esclave avait une plus grande étendue d'action qu'aucun des animaux qui visitaient le bord du fleuve, plus de contacts et plus d'activités avec le vivant sur une longévité appréciable. En rapport avec la terre, les animaux, les plantes, il était une assurance d'immortalité pour les Innomés. Son caractère faisait le reste, un certain entêtement à ne pas reconnaître ce qui arrivait, une intelligence bornée, un langage qui l'égarait. Et une propension à voir des dieux partout qui l'entraînait, après les avoir niés, à mettre tout malaise, maladie ou défaillance sur le compte des esprits, désigner des coupables célestes et intervenir par la sorcellerie.

Après la découverte de l'insecticide qui avait détruit un grand nombre d'Innomés avec leurs larves et leurs filaires, c'est le caractère des hommes qui les avait remis au monde. L'oubli qui ramena, une génération plus tard, les habitants sur les lieux que la maladie leur avait ordonné de fuir, dans les villages que leurs ancêtres avaient abandonnés aux esprits déchaînés. L'appréhension des vaccinations qui s'opposaient à leurs croyances, les rituels plus forts que la peur qui les obligeaient à rendre leurs cadavres infestés aux eaux du fleuve. Et l'Innomé se réveilla, reprit des forces, se consolida, et, stratégie suprême, devint résistant. Bras de fer, plus d'intermédiaire. De l'homme, rien que de l'homme. Des épidémies, quoi ! avec la pandémie pour couronnement. Le bord du fleuve n'était plus suffisant, l'Innomé s'était envolé avec les chauves-souris et bientôt leur préféra l'avion, les arrivées partout dans le monde au petit matin dans des aéroports gigantesques où toutes les nations se croisent. L'Innomé qui avait réduit la terre à une boule qu'il avait, comme un bousier, digérée et pétrie, regardait maintenant du côté des étoiles. L'univers était à sa portée.

Éric Roman poursuivait cette histoire d'eau, d'animaux vecteurs, d'hommes contaminés, de contagions ravageuses. Il rappelait les vaccinations massives, les avions déversant l'insecticide par tonnes. Le DDT pulvérisé autour de la maison chaque semaine. Les émeutes contre les vaccinations, accusées de provoquer la maladie qu'elles devaient éradiquer. Les épidémies qui repartaient à peine enrayées par défaut de vigilance. Les scandales qui avaient brouillé les effets des médicaments, les ordres qui se contredisaient et surtout la longue mise en route administrative qui accompagnait l'épidémie qu'elle était censée devoir tuer dans l'œuf. Il comprenait que le monde de l'épidémie fût confié à l'époque à des médecins militaires comme son père qui, après de durs combats, se trouvaient engagés dans une nouvelle guerre sans trêve ni armistice. Dans l'histoire, il y avait eu des victoires fabuleuses sur des territoires immenses qui en avaient rendu fous d'orgueil quelques-uns, et de nombreuses défaites qui avaient rendu fous de malheur les autres.

L'hôpital de brousse était une blessure que son père portait en plus de celles du combat. Il s'y était senti abandonné comme il l'avait été à Diên Biên Phu. Des bonnes paroles de loin : Débrouille-toi et courage ! En conséquence, il lui fallut assumer plus tard l'indignité de la colonisation. L'uniforme ne protégeait plus. Il avait été insulté dans la rue, menacé bras levé d'une pierre qui visait son képi rouge sang. À Paris, la consigne était désormais de ne se déplacer qu'en civil dans ces habits de péquin que le corps ne savait pas porter.

C'était le même homme qui demandait à sa femme et à son fils de ne pas se tenir à ses côtés quand il portait l'uniforme. Éric ne sut jamais très bien pourquoi, il crut longtemps que cette bizarrerie relevait des règles militaires avant de soupçonner que pour son père la proximité d'une femme et d'un enfant faisait passer une ombre sur sa disponibilité au service de la nation. Il revoyait son père refusant de lui tenir la main, le renvoyant sèchement à sa mère et avec la même voix coupante lui demander de prendre du champ, devant, derrière, où il voulait, mais qu'il cesse de le coller.

Le poisson dans la nasse, c'est à quoi son père le faisait songer, pris dans un conflit de loyauté envers un pays rêvé qui l'avait brisé et une armée qui l'avait déçu. Quant à la médecine, n'en parlons pas, il n'était pas fait pour ça, trop anxieux au lit du malade, trop autoritaire pour la tenue d'un service, pas assez gestionnaire pour administrer un hôpital. Il n'avait jamais quitté les livres qui avaient fait de lui un major de promotion. Or la vie s'ingénia à contredire ce système en lui infligeant un parcours particulièrement accidenté auquel il dut faire face dans une improvisation perpétuelle.

Il n'aimait ni la guerre, ni la colonie, ni la médecine telle qu'elle se pratiquait ici, dans l'à-peu-près, avec les moyens du bord toujours défaillants. Éric comprenait maintenant que la séance d'autopsie que son père s'infligeait tous les matins était une façon de s'entraîner à ce qui allait lui arriver. Son destin n'aurait pas dû se dérouler dans l'armée mais près des gens qui l'avaient insulté pour la représenter si bien, galons aux épaules. S'il n'était pas parti d'Algérie à dix-sept ans pour intégrer l'École de santé de Lyon, il n'aurait pas épousé sa mère. S'il n'avait pas été major de promotion, il ne se serait pas porté volontaire pour Diên Biên Phu. Si la guerre d'Indochine ne l'avait pas brisé, il n'aurait pas tenu le poste de Petit-Baboua. Et pour revenir au point de départ, s'il avait passé le concours de l'École de médecine coloniale, c'est qu'il exauçait le rêve de sa pauvre mère de le voir médecin et que l'École de santé était une façon gratuite de le devenir et de dire son mépris aux riches pieds-noirs qui offraient à leurs fils un cabinet, une clientèle voire une clinique. Il ne finirait pas dentiste à Oran derrière une plaque de cuivre à poser des dents en or. Enfin, le mot « colonie » ne faisait peur à personne. Il portait au contraire son poids d'humanisme et d'aventure. Donner sa vie à la Patrie, se dévouer aux hommes, une façon laïque d'entrer dans les ordres.

6

Brusquement, Éric interpella le chauffeur. Irène et Ben, qu'il convoyait depuis l'aéroport, ne l'avaient pas remarqué tant il faisait corps avec la voiture, livré avec elle, et bien sûr ils ne lui avaient pas adressé la parole. Le type, qui se tenait raide, impassible depuis le début, s'anima. Son corps prit une souplesse inattendue, ses bras se détachèrent de sa poitrine, ses cuisses se relâchèrent, sa tête s'agita, sa bouche s'ouvrit, ses dents apparurent dans un grand sourire et surtout la parole fusa. À vrai dire, ils n'entendirent que des sons modulés très haut comme on s'esclaffe, puis rattrapés très bas dans la gorge, comme on rit. Il passait d'un son à l'autre par un hoquet interrogatif auquel Éric semblait répondre avec des gutturales, des chuintements et parfois des modulations ourlées que le chauffeur rythmait en tapant des mains sur le volant. C'est du moins ce qu'ils virent et entendirent de leur place arrière. Il est très difficile d'appréhender – on ne parle pas de comprendre – une langue qu'on n'identifie pas. Il est aussi étonnant dans le monde où l'on vit de ne pas en reconnaître. Là, ils ne repéraient ni consonnes, ni voyelles, ni syllabes, juste des accents.

— C'est du gbaya, leur jeta Éric sans se retourner, Goodluck est originaire de la région de Petit-Baboua, de la tribu des Gbayas.

— C'est vrai, dit le chauffeur joyeusement, c'est bien vrai, et il gloussa.

— Ta tante t'a élevé dans l'autre maison, de l'autre côté du fleuve, continua Éric en pleine séance de divination.

De biais, le photographe regardait le chauffeur comme s'il découvrait au musée de l'Homme une statue ancienne, vestige d'un monde disparu. Sur la peau lisse, il remarqua trois traits parallèles qui lacéraient une joue pleine et imberbe comme de fines sculptures sur un bois rare. Il se dit que s'il prenait cette joue en gros plan, s'il en faisait un tirage pour l'exposer dans une galerie, personne ne verrait une peau humaine. Tout le monde s'extasierait sur un dessin abstrait, épuré et élégant.

Irène était surprise qu'Éric parlât une langue si peu connue. Elle s'étonnait aussi de la proximité qui s'était établie entre lui et Goodluck comme si deux vieux copains se retrouvaient en échangeant des nouvelles de leurs familles. Le chauffeur était pourtant un jeune homme, Éric presque un vieillard. Quand l'euphorie se fut un peu calmée devant, elle interpella Éric sur sa connaissance du gbaya et puis aussi sur ce qu'il semblait a priori savoir d'un inconnu jusqu'à lui parler de sa tante. Alors elle eut droit au profil d'Éric qui par-dessus l'épaule la cherchait du regard. Ce nez ! Grand, gros, rouge, veiné ! Affreux ! À baisser les yeux. Bien sûr qu'il parlait le gbaya et dix langues africaines en plus, et il avait identifié Goodluck à ses marques tribales. Placée comme elle l'était dans le dos du chauffeur, la journaliste ne les avait pas remarquées, elle se demandait s'il était opportun de se rapprocher de sa figure pour examiner ce qui faisait l'objet de l'attention générale. Il lui semblait indiscret, presque inconvenant, de le traiter en objet. Elle était d'ailleurs choquée qu'Éric l'affublât d'un sobriquet qui lui semblait une forme de blackface, une façon de le réduire par dérision à n'être qu'un clown… Elle en était là de ses tergiversations quand Éric l'interpella :

— Il faut juste s'intéresser un peu aux gens.

La remarque la poignarda, elle serra les dents, comme si, elle, journaliste, ne s'intéressait pas aux gens ! et puis « gens », le mot lui semblait tellement méprisant et dans le contexte de ce voyage… Éric coupa sa réflexion.

— Par exemple, toi, dit-il, tu manques de fer, tu as des règles longues et abondantes.

Un chat sauvage venait de lui mordre la gorge, à moins qu'un serpent ne l'eût piquée entre les deux yeux. Elle était rouge de honte. Si quelqu'un eut envie d'ouvrir la portière et de se jeter dehors, ce fut la journaliste. Son intimité dévoilée devant des inconnus, des hommes de surcroît, et puis ce tutoiement comme la marque d'une emprise. Ce type était ignoble, son tutoiement blessant. Son corps, elle voulait qu'il fût interprété par des machines et des nombres. Que sa relation avec les médecins passât par des clichés ou des résultats d'analyse. Face à elle, les yeux sur leur ordinateur ou sur un compte rendu, elle aimait les voir plonger dans l'examen des preuves, surtout pas de regard direct, pas d'entrée en relation intime ou sociale. Et pas de paroles ! Dès qu'un médecin prononçait un mot, soit elle ne le comprenait pas, soit elle était saisie par son expression primaire qui ouvrait sur un monde simpliste qui remettait en question sa compétence supposée. Et là, ce type, parce qu'il était médecin, s'autorisait à lui parler de ses règles « longues et abondantes », elle ne s'en remettrait pas.

Devant, Éric avait repris sa conversation avec le chauffeur moitié en gbaya, moitié en français. Tantôt il interrogeait Goodluck en français et l'autre lui répondait en gbaya, tantôt c'était l'inverse. Il était question de rivières, de villages abandonnés par des cohortes d'aveugles ou de forêts où des lépreux s'étaient retranchés. Éric ramenait Goodluck à son enfance entre le Lom et la Kaddeï. Il faisait apparaître des paysages ou des êtres qu'il appelait doucement et qui se concrétisaient alors dans la mémoire du chauffeur. Il y avait longtemps qu'il avait quitté la région de Petit-Baboua, que ses ancêtres aveugles ou lépreux étaient morts et que la Capitale avait recouvert le souvenir des calamités d'un terreau qui avait fait pousser ses désirs d'enfant.

Il fallait gratter avec une brosse et un pinceau comme un archéologue met au jour le fragment d'une poterie, puis un autre. Éric donnait à la journaliste une leçon sur la façon de faire une enquête qui touche à l'enfance. Comment imaginait-elle que le vieil homme qu'il était pouvait répondre à une question directe sur ses douze, treize ou quatorze ans sans être pris de vertige devant le vide ou au contraire saisi par un maelstrom d'images ? Il était accablé par tout ce par quoi il faudrait repasser pour répondre à ses questions. Autant lui demander de remonter le fleuve, d'aller à contre-courant, de lutter contre une eau de plus en plus vive. Il lui donnait l'exemple de son savoir-faire : quand on veut que quelqu'un revienne à son enfance, il faut lui dire des mots d'enfant. Il parlait du papa, de la maman et surtout de la tante.

— Pourquoi la tante ? demanda le photographe.

— Parce qu'il est le troisième enfant, celui que l'on donne à la sœur de la mère pour apaiser son ventre.

— Pourquoi Goodluck ? continua Ben.

— Parce qu'on l'a considéré comme particulièrement chanceux, je suppose, répliqua Éric, une concession à l'anglomanie avec la volonté gbaya d'inscrire le destin dans un surnom.

« J'aime particulièrement le gbaya, continua Éric regardant droit devant lui, cette langue m'a servi de sésame à l'Afrique, c'est une évidence, mais aussi de règle de conduite. Elle porte en elle toute une philosophie du monde. Elle m'a aidé non seulement à le connaître mais à l'interpréter parce qu'elle est éminemment symbolique.

« Tout le monde a une voix, poursuivit-il en essayant de parler à Ben et seulement à lui, mais les hommes ont la parole et les animaux les cris. C'est pour cela que la parole est importante, on ne doit pas la gaspiller, elle ne s'envole pas avec le vent. Au contraire, elle tombe à terre comme une graine et tout ce qu'il y a dans les mots que tu as prononcés germe. Germent le mépris, l'insulte, le mensonge. Germent l'amour, la compassion, l'admiration. Tu n'as pas droit à l'erreur, tu ne dois pas prendre un mot pour un autre, ni te tromper d'une syllabe car une fois sorti de ta bouche rien ne peut l'effacer et tu te trouveras au milieu de ta forêt de mots comme dans une brousse inextricable dont tu auras avec ta langue formé les épines. Tu auras édifié ta prison de malheur.

« Chez les Gbayas, continua Éric, il y a une parole ordinaire qui demande une grande maîtrise et qu'on ne doit pas dilapider, faute, comme ils disent, de périr dans la jungle des mots jetés au hasard pour remplir un silence, pour séduire ou pour maudire. Il y a aussi la parole profonde dont on cherche le sens au-delà des mots comme ces rabbins qui reviennent sur un texte, l'animent et le font revivre à travers toutes les hypothèses, le contraire du savoir par cœur. Parler est alors une science et la fameuse case à palabre au centre du village n'est pas seulement un endroit où s'administre le groupe, où s'apaise un conflit, mais un lieu de savoir.

— Alors, dit Irène qui voulait revenir dans la discussion et surtout ne pas voir le photographe élevé au titre d'interlocuteur privilégié, vous avez appris à parler le gbaya ?

— Oui, dit Éric – et tournant la tête vers elle : J'ai appris à peser mes mots.

7

Au milieu de nulle part, un énorme panneau publicitaire rouge et vert à l'écriture alambiquée indiquait d'une grosse flèche l'emplacement proche d'une trattoria. Les gendarmes savaient où ils les conduisaient, un bras vigoureux sorti de leur 4×4 pour leur dire de ralentir puis de prendre à gauche. Ils se garèrent les uns à côté des autres devant la trattoria, puisque trattoria il y avait, dans un espace mal défriché, autrefois un jardin, aujourd'hui un parking. La journaliste, surprise, demanda au photographe si cet arrêt était prévu.

— Il faut bien qu'on bouffe, lui répondit-il.

Sur la façade, qui disparaissait déjà dans l'ombre, les décorations d'une fête déjà ancienne n'avaient pas été enlevées, peut-être ne le seraient-elles jamais et attendait-on qu'elles tombent d'elles-mêmes comme les feuilles en automne. Les guirlandes de leds grisaillaient tristement autour de la porte d'entrée, et les ballons dégonflés pendouillaient au bout de leurs ficelles.

Les gendarmes ouvraient la voie :

— L'ambassade vous a prévenu ? demandèrent-ils au type qui était à l'accueil.

Le bonhomme fit un large geste qui montrait que toute la salle était vide. Il avait réservé une table pour Éric, la journaliste et le photographe, une autre pour les gendarmes. Le chauffeur n'était pas prévu. Éric demanda qu'on fît table commune et avec le chauffeur, bien sûr. Les gendarmes ne savaient pas trop s'ils devaient accepter, ça les gênait. Goodluck aida à rassembler les tables et Irène regretta qu'un dîner qui aurait dû être consacré à l'interview se dévoie dans des conversations de mecs où Éric en profiterait pour tenir le crachoir en pontifiant comme il l'avait fait dans la voiture. Elle n'avait guère de temps devant elle, déjà un jour gaspillé. Il lui fallait reprendre la main, l'avoir en face. Le questionner.

— On aurait pu se dispenser de ce dîner, dit-elle.

— Il faut bien qu'on s'arrête quelque part, lui répondit Ben Ritter.

— Quelque part oui, mais pas si près de la Capitale.

— On s'arrête avant qu'il fasse nuit parce que la nuit les grumiers roulent et la route devient dangereuse.

— Il faudrait savoir, dit Irène, qui organise cette virée, le journal ou la France ?

— Visiblement la France, répondit Ben. Nous, on accompagne.

— Et on reprend l'avion présidentiel après-demain ! s'énerva Irène.

La salle ne lui plaisait pas, elle ressemblait à un grand réfectoire pour expatriés du week-end. En quoi elle ne se trompait pas. Et comme ce soir, vide, à un hôtel de passage pour adultère citadin et binational. En quoi elle ne se trompait pas non plus. Irène soupira :

— Pourquoi est-il si difficile de se mettre à table dans

ces coins : la chaleur, la toile cirée visqueuse, les verres opaques, les plats…

— Quand on se méfie de la nourriture, on se méfie du pays, dit Éric à la cantonade en ouvrant la carte – la trattoria proposait des pâtes et des pizzas au feu de bois.

— Elles sont bonnes, dit Karim – et corroborant les soupçons d'Irène : On vient depuis la Capitale pour en manger !

Cent kilomètres pour ça, se dit Irène alors que l'avis de Karim avait convaincu les autres garçons.

— D'abord une bonne pizza ! Et pour la viande, continua Éric, côtes d'agneau, tranche de gigot, brochettes. Méchoui si vous voulez.

Les gendarmes se consultèrent du regard : de la viande, le soir, ce serait peut-être beaucoup…

— Mais si vous en prenez, on vous accompagnera.

— Je suis végétarienne, annonça Irène – et elle ajouta pour que sa réflexion ne fût pas négociable : Je suis végane.

Ce n'était pas un goût qu'elle affichait mais une règle intangible derrière laquelle elle se retranchait.

Le type de l'accueil garnissait le four de braises qu'un aide cuistot lui apportait dans des seaux de fer et qui répandaient dans la pièce climatisée une odeur de feu de forêt et de terre calcinée. Les premières flammes éclairèrent un mouton entravé couché sous le four. Une bête aux yeux vitreux, au regard déjà mort, perdue dans son pelage sale.

— La viande est sur pied, commenta Éric, à la disposition du client.

Le photographe fit un cliché naturel et brutal.

— Ici ça ne choque personne, continua Éric. Au lieu

d'encombrer un frigidaire qui ne fonctionne pas toujours, la viande est vivante, elle ne pourrit pas. On n'a pas trouvé mieux !

Les gendarmes reconnurent qu'une chose était de faire cuire un gigot, une autre de voir la bête, même morte et dépecée, a fortiori vivante avec des yeux qui vous regardent.

— On n'a plus l'habitude, dit le Major.

— Moi, dit le Second, c'est le cri. Je ne pourrais pas tuer un animal qui crie.

Ils firent le recensement de ce qui criait et de ce qui ne criait pas, donc de ce qu'on pouvait manger ou non. Goodluck hésitait entre les brochettes et les côtes, il regardait le mouton, il n'osait réclamer le méchoui, il sentait qu'autour de la table l'option viande était peu à peu abandonnée.

— Et puis, conclut Éric, on a faim et on n'a pas toute la nuit.

Il offrit une tournée de whisky que les gendarmes refusèrent parce qu'ils étaient en service. Irène fit non de la tête pour signifier qu'il était aussi hors de question de lui faire boire de l'alcool. Ben Ritter accepta avec le plaisir non dissimulé de trinquer avec son héros. Éric proposa aux gendarmes de prendre des bières, ça ne comptait pas vraiment pour de l'alcool. Est-ce que la bière locale était bonne ? Il s'ensuivit une conversation en gbaya avec Goodluck et en français avec Karim.

— Ici, résuma Éric, il y a deux bières concurrentes, la Tigre et l'Éléphante. Une chinoise et une africaine, dit-il et se tournant vers la journaliste, une blonde et une brune.

Irène se sentit visée au nom de la brune.

Elle se leva et fit le tour de la pièce pour trouver les toilettes qu'aucun panneau, nulle part, sur aucune porte, ne signalait. Elle sortit, la nuit était tombée et l'obscurité la frappa au cœur. L'espace s'était rétréci et le buisson d'hibiscus qu'elle avait repéré en arrivant avait disparu. Il faisait noir à un mètre des vieilles loupiotes de la fête qui n'éclairaient rien, noir jusqu'au fleuve là-bas qui était noir, noir jusqu'à l'horizon qui rejoignait un ciel sans étoiles. Elle se dirigea vers le parking improvisé pour se dissimuler derrière une des voitures. Elle baissa son pantalon, s'accroupit et urina là où elle était, à découvert. Elle mouilla ses sandales. Elle rejoignit à tâtons le mur orné des ballons clairsemés qui signalaient la porte d'entrée où les leds clignotaient comme des lucioles épuisées.

Comme un voyageur qui est passé par une grande épreuve et dont personne n'a remarqué l'absence, elle observa cette société d'hommes soudée, complice, amicale, où elle n'avait pas sa place. Elle constata que, n'ayant pas choisi entre les bières, ils essayaient tour à tour la Tigre et l'Éléphante. Elle regarda Éric pérorer au milieu de ses adorateurs en faisant tourner dans sa main un verre rempli de whisky. La pierre de sa chevalière de fraternité sonnait contre le bord du verre. Au bout de son long bâton, une sorte de bonnet phrygien couché sur l'œil, le réceptionniste devenu pizzaiolo enfournait les pizzas les unes après les autres. Le mouton n'était plus là.

— On t'a commandé une poivron-tomate, cria le photographe à l'adresse de la journaliste, sans fromage.

8

Le type de l'accueil, celui qui s'était déguisé en pizzaïolo pour préparer les pizzas, la conduisit au deuxième étage par un escalier à double révolution dans le vaste couloir qui desservait les chambres. Il ouvrit une porte et actionna un bouton électrique qui datait de Mathusalem, rond, bombé avec une minuscule tirette. L'ampoule nue du plafond se mit à clignoter en éclairant par à-coups une chambre immense, cent mètres carrés au jugé, au centre de laquelle trônait un lit protégé par une moustiquaire. Elle chercha la salle de bains. Elle était par là, dans l'ombre, derrière une porte qui ne fermait pas. Cinquante mètres carrés de carreaux blancs et noirs qui donnaient le vertige, un grand lavabo qui n'avait plus de robinet, une baignoire sur pattes de lion avec en guise de douche un seau installé en hauteur. À la place des toilettes encore un seau avec un couvercle.

Elle battit en retraite et retourna vers la chambre qui, en plus du lit, comprenait une chaise et une table sur laquelle elle remarqua une boîte d'allumettes et une bougie bien entamée dont les coulures signalaient que la panne d'électricité ne devait pas être exceptionnelle.

Elle fut prise de panique. Tous les objets lui semblaient tour à tour dangereux. Comment se laver les dents ? Elle ne prendrait jamais une douche sans savoir ce qui se trouvait dans le seau. De l'eau, elle voulait bien mais quelle eau ? Depuis quand croupissait-elle là-dedans ? À propos de seau, elle ne se voyait pas chevauchant le seau hygiénique pour renouveler sa misérable expérience de la soirée. La bougie signifiait qu'elle passerait la nuit dans le noir. Quant aux allumettes, dans cette moiteur, étaient-elles encore susceptibles d'allumer quoi que ce soit ?

C'est alors qu'elle remarqua les quatre boîtes de conserve qui protégeaient les pieds du lit et qui disaient que si la moustiquaire arrêtait les volants, les boîtes de fer réglaient en les noyant le sort des rampants. Elle se vit la proie d'une faune ailée, velue, couverte d'écailles, avec des pattes, des trompes, des dards, tout le bestiaire infectieux sorti du grand livre d'images des frayeurs ancestrales qui illustraient les travaux d'Éric Roman.

Se déshabiller, se rincer la bouche avec le fond de la bouteille qu'elle avait rapportée du restaurant. Tenter une acrobatie au-dessus du seau, car ça elle n'irait pas le faire à tâtons dans la nuit quand le groupe électrogène agonisant s'arrêterait et qu'elle frotterait une allumette dont le soufre se déliterait en déchirant le frottoir de la boîte. C'était une situation à sortir dans le couloir et à crier au secours, à appeler à l'aide en France, sa famille, la Vieille. Le besoin de se mettre à l'abri fut plus fort et après avoir bloqué la porte avec la chaise, elle se glissa sous la moustiquaire mettant tous ses soins à refermer l'ouverture qu'elle avait faite comme si elle la cousait à l'aiguille. La lumière restait allumée. Elle ne se lèverait pas pour l'éteindre. Tant qu'elle brillerait, elle vivrait.

Elle tira le drap sur son visage. Alors le ramdam commença, des claquements de porte, des fous rires, des courses et des cris. Elle mit son oreiller sur sa tête.

Le jour la réveilla. Il n'était pas six heures. Elle ouvrit sa fenêtre et fut surprise par l'immensité du paysage. L'hôtel donnait sur le fleuve, il dominait une large étendue d'eau sur laquelle la lumière rasante du matin brossait des reflets acier. De très légères pirogues effleuraient çà et là la surface sombre et brillante. Les filets que les pêcheurs lançaient dans le ciel retombaient en vastes corolles blanches qui fouettaient une eau parfaitement lisse. L'hôtel n'était pas le boui-boui qu'elle avait soupçonné en entrant par l'extension qui servait de trattoria, ni une maison de passe comme les bruits de la nuit le lui avaient laissé entendre, mais un palace déclassé aux murs couverts de moisissures grises et de mousses vertes comme ces palais indiens qui témoignent d'une splendeur oubliée. La résidence d'un gouverneur de l'AOF.

Elle eut un élan de reconnaissance pour toute cette beauté qui s'étalait à 180 degrés. L'Afrique se dévoilait enfin. Comme on feuillette très vite un livre en cherchant une image marquante, elle ne s'était pas arrêtée à celle de l'avion présidentiel atterrissant sur un tarmac semblable à tous les autres, ni sur celle des attroupements folkloriques à la gaieté rémunérée, pas davantage sur les boubous brodés et les grandes tenues qui se croisaient sur les marches du palais des congrès décoré d'oriflammes inconnues. Elle se dit qu'elle avait mérité d'être seule à sa fenêtre devant ce paysage splendide qui s'éclairait pour elle dans l'embrasement du jour.

Elle regretta de s'être montrée pointilleuse, vétilleuse, comme si elle ne pouvait pas s'adapter à la nuit, à la chaleur, à la plomberie détraquée. Elle n'était pas cette fille prise d'un hygiénisme qui confinait au racisme en suspectant tout ce qu'elle portait à la bouche, tout ce qui touchait sa peau. Elle allait se laver les dents avec la bouteille d'eau bouillie qu'elle venait d'apercevoir sur le lavabo, se doucher comme elle pouvait avec la vache à eau qui allait lui écraser d'un coup dix litres d'eau sur la tête.

Les cheveux mouillés, en tee-shirt et en short, elle descendit vivement l'escalier d'apparat, traversa la salle du restaurant et parcourut ce qui restait d'un jardin qui allait par paliers vers la rive. Le fleuve sorti de son lit y avait oublié une petite plage boueuse où l'eau croupissait. Elle y mit le pied, l'eau était tiède.

— Vous avez entendu ce bordel cette nuit ?

Éric était près d'elle. Elle se raidit, il n'allait pas lui donner des détails sur les couples qui avaient rejoint l'hôtel dans la nuit ou sur les prostituées qui allaient de chambre en chambre pour, après un toc-toc léger, proposer leurs services.

— Les hippopotames, continua Éric. Ils ont beuglé, ils se sont bagarrés toute la nuit. On est tous allés les voir ! Ben a fait des photos magnifiques.

Irène douta alors de ce qu'elle avait entendu. Ce qu'elle avait pris pour des bruits de dedans venait de dehors, ce qu'elle attribuait aux humains provenait des animaux. Au lieu de relever son drap sur ses yeux et de mettre sa tête sous son oreiller, elle aurait dû écouter religieusement ce chant de la nuit qui célébrait la toute-puissance de la nature. Elle s'était égarée sur des rencontres furtives. Les chuchotis, les rires, le grincement d'une porte l'avaient écœurée. Elle avait gambergé sur les mœurs dénaturées d'hommes qui se payaient de pauvres filles, rouge à lèvres débordant, nichons à l'air, perruques, minijupes et talons plateformes, des caricatures de femmes. Elle y avait vu la décision commune d'hommes éméchés. Le fameux Goodluck était allé chercher les filles, le photographe avait saisi l'occasion et les gendarmes avec leurs airs de fils modèles ne s'étaient pas fait prier. Vu le niveau d'alcool dans son verre, Éric n'avait pas été le dernier à ouvrir sa porte. Des hommes abusant de femmes, des hommes blancs violentant des femmes noires. À pleurer.

Non, elle n'avait pas pu confondre des bruits intérieurs avec une bataille dans le fleuve. Elle enrageait. Les bruits intérieurs l'avaient empêchée d'écouter les hippopotames. Autrement, elle se serait mise à la fenêtre, elle aurait tendu le cou vers ce phénomène invisible qui aurait brillé dans la nuit dans des éclaboussements somptueux. Elle n'aurait pas pensé à des hippopotames, peut-être à des monstres, des poissons géants, des silures, elle aurait eu peur.

Éric se demandait ce qui n'allait pas avec la fille. Dès qu'il disait quelque chose c'était comme s'il la frappait. Aucun mot ne collait. Une énorme allergie. Une incompatibilité de sexe, de génération, de culture. Elle ne savait rien de la médecine, rien de l'Afrique. Il ne savait rien des très jeunes femmes, de leur pudeur, de leur désir d'exister, d'être reconnues. Ils parlaient une langue commune mais ne se comprenaient pas. C'était une erreur de l'avoir envoyée pour ce reportage, n'importe qui aurait fait l'affaire – à part la Vieille qu'il ne portait pas dans son cœur, la salope. La preuve, il s'entendait bien avec Ben, son contemporain, qui avait une expérience africaine qu'il n'avait pas. Et il ne lui déplaisait pas d'être photographié par celui qui avait publié en couverture la tête de Coco le gorille, la main au menton et le regard songeur. Quant aux gendarmes, n'en parlons pas, des types dévoués, d'une correction presque désuète, de l'espèce de ceux qui, laissant veuves et orphelins, ont droit au passage de leurs cercueils sur le pont Alexandre-III, direction les Invalides, aux quelques applaudissements de ceux qui savent et au grand silence de la nation sous prétexte qu'ils n'ont fait que leur boulot...

— Qu'est-ce que vous attendez de moi ? lui demanda-t-il.

Là, à cet instant précis, sur cette plage noire devant le fleuve gris, se remémorant les bruits de la nuit, elle n'arrivait pas à démêler son imaginaire de celui d'Éric, le vrai du faux. Elle ne savait plus. Il lui fallait ses notes, ses questions, son iPhone pour enregistrer ce qu'il dirait pour que plus tard il n'y eût pas de contestation. Elle eut la mine consternée de la candidate qui tombe sur sa seule impasse, le regard perdu qui appelle au secours, la bouche tordue qui cherche les sons, les larmes aux yeux de celle qui va avouer qu'elle ne sait pas.

— Vous devez bien en avoir une petite idée, non ?

Par réflexe, elle commença à lui dire qu'il était un grand savant, qu'il avait fait une découverte révolutionnaire dans la génétique des virus qui sauvait les populations des fleuves et des rivières de ces épidémies qui s'abattaient sur elles les unes après les autres, qu'il avait reçu le Nobel.

— Tout ça je le sais, alors ?

Alors, il avait vécu en Afrique.

9

Il était arrivé avec son père à la fin des années 60 dans le poste de Petit-Baboua aux confins du Cameroun et de la Centrafrique, après des années difficiles qui avaient vu la naissance de la petite sœur puis la séparation du couple de ses parents. La mère gardait la fille, le père prenait le fils et partait loin avec ce côté desperado qu'il avait déjà montré en sautant avec les derniers volontaires sur Diên Biên Phu : « Donnez-moi ce que les autres n'ont pas voulu ! » Le ministère ne contrariait jamais ces accès suicidaires, au moins masochistes. Il les prenait au mot. Il y avait toujours un endroit maudit qui attendait son médecin et qu'on n'arrivait pas à pourvoir. C'est donc la bouche gourmande que le préposé aux affectations proposa Petit-Baboua, entre deux rivières, à la frontière de deux pays, brousse, chasse et pêche. Question équipement : un hôpital très familial et une grande léproserie. Il lui montra Petit-Baboua sur la carte, puis les divers hôpitaux et les postes sanitaires qui l'entouraient. Vus sur la carte de l'AOF, ils donnaient l'impression d'un maillage serré qui prenait la maladie comme le filet le poisson. À une autre échelle, évidemment, les postes étaient éloignés les uns des autres et le plus proche, l'hôpital amiral, Ouregano, était à cent kilomètres.

Quand Éric et son père atterrirent à Ouregano, seul terrain d'aviation de la région, par l'unique coucou de la semaine, ils constatèrent qu'il fallait presque deux heures de piste pour gagner Petit-Baboua, ce qui mettait, en cas d'urgence, l'hôpital hors de portée des secours sanitaires que leur promettait le chef des affectations, hors aussi des commodités de la capitale régionale et de ses commerces bien approvisionnés pour une pratique quotidienne. Ouregano avait aspiré toutes les richesses de la région, à Petit-Baboua il n'y avait rien.

Le drame pesait encore sur le poste délaissé. Le médecin que son père remplaçait avait perdu sa jeune femme dans un accouchement qui avait emporté la mère et l'enfant. Il avait déserté du jour au lendemain puis démissionné de l'armée, de l'Afrique et de la médecine. À quelques mètres de la case qui devait leur servir de logement, on leur désigna la tombe de la jeune femme. Une croix de bois sur un monticule de terre rouge dans lequel Éric crut deviner une forme humaine. Longtemps il se posa la question presque mathématique : pourquoi ce qu'on enlève du sol est-il toujours plus volumineux que ce qu'on y remet, avant de se rendre compte que le monticule, c'était la terre en trop, la terre que le corps avait remplacée. Quand la terre se tasse, c'est que le corps a disparu, fondu. Le corps était là, il resta présent tout le séjour, les herbes, les lianes et les épineux l'avaient recouvert d'un linceul végétal avec une vitalité qui contrastait avec le bois mort de la petite croix qui avait grisaillé avant de se démanteler. Ce qui provoquait quotidiennement la réflexion du père : « Il faudrait, quand même, lui donner une sépulture décente ! »

Où qu'il arrive, un enfant ne s'attend jamais à trouver un confort quelconque. La maison avait un toit, c'était l'essentiel, un toit de tôle que la pluie frappait et que les tornades secouaient. Un toit qui servait de refuge aux rats comme aux oiseaux, aux guêpes comme aux chauves-souris, où fuite, envol ou piaillement prenaient une ampleur assourdissante. Qu'il n'y eût pas d'eau, pas d'électricité n'était pas son affaire ni même une affaire. La case était plantée au milieu d'un rectangle d'herbe rase. Devant l'hôpital, derrière la forêt. Entre les deux, la tombe.

Au bout de quelques années d'abandon, à force de larcins divers, la maison était vide. Deux lits picots et des moustiquaires empruntés à l'hôpital assurèrent une première nuit sans électricité mais avec une lampe-tempête. Le matin arriva brutalement avec ses cris d'oiseaux et ses fleurs géantes qui s'ouvraient en claquant comme des parapluies. Surprise, une gazelle s'immobilisa devant la maison avant de détaler vers la forêt. Sur les marches, un homme avec une barbe et des cheveux blancs faisait bouillir de l'eau sur un feu de bois. C'était le gardien de nuit qui finissait son travail. Éric le vit tous les jours, une lance à la main, vêtu d'une tunique de coton épais, des colliers de bronze autour du cou et des liens de cuir sur les bras, faire pieds nus le tour de la maison et de son terrain. Il arrivait avec la nuit, disparaissait avec le jour, sans qu'on sache qui l'avait investi de cette mission, ni contre quels dangers il les protégeait avec sa lance. Le son des grelots du collier devint pour Éric le bruit familier et rassurant de la nuit quand le gardien passait sous les fenêtres et qu'il s'en éloignait.

— Je te laisse, dit le père en prenant le chemin de l'hôpital.

Longtemps Éric s'interrogea, le père n'avait pas dit: «je t'abandonne, je te quitte», mais: «je te laisse». Cela pouvait vouloir signifier, comme Dieu au début de la Genèse, «je te laisse tout ça, fais-en quelque chose». Éric se sentit comme le premier homme et il n'en fut pas effrayé.

Le gardien lui avait tendu la boîte de fer annelée dans laquelle il avait préparé son breuvage, de l'eau chaude avec l'écorce d'un citron amer. Éric la prit et s'assit sur le sol. Il voulut remercier mais le gardien ne parlait pas français, alors, comme dans les livres qu'il avait lus, Éric inclina la tête et mit sa main sur son cœur. Un son sortit des lèvres du gardien, un son absolument clair, Éric le renvoya plus qu'il ne le répéta et le gardien hocha la tête. Merci fut son premier mot en gbaya, un cri de naissance.

«Je te laisse», avait dit le père. Ces mots étaient propitiatoires. Car dès ce jour, à cet instant, il l'abandonna. Les premiers temps, Éric ressentit une certaine exaltation, tout était nouveau et brutal, tout était à découvrir, sentir, toucher, goûter et nommer. Il était le sauvage de ce monde-là, curieux et craintif, téméraire quand il ne le fallait pas et méfiant à mauvais escient. Il n'avait aucune idée de l'univers qu'il découvrait et dont on ne lui avait jamais parlé. Seules quelques lectures qui l'avaient plongé dans des territoires lointains pouvaient témoigner de l'étrangeté dans laquelle il se retrouvait. Le Grand Nord canadien de Croc-Blanc, l'empire indien de Mowgli, l'immensité américaine de Flicka mais surtout *L'île au trésor* qu'il confondait avec celle de Robinson Crusoé sans savoir d'ailleurs où les situer. Son intuition n'était pas fausse, il découvrit lorsque la maison fut habitée et rendue au pouvoir des domestiques que ce qu'il y vivait ressemblait à ce que Jim avait vécu sur l'*Hispaniola*. Il se rendit compte plus tard que sans autre guide que le gardien gbaya qui nommait le bon, le mauvais, le permis et le défendu, il avait passé les premiers mois de son séjour à Petit-Baboua dans une totale irréalité et une parfaite dépersonnalisation.

La perte des deux cantines qui les avaient précédés et qui devaient les attendre y fut pour beaucoup. Père et fils passèrent une grande partie de leur temps à s'inquiéter de leur arrivée, on les leur promettait chaque jour, puis à imaginer dans quel endroit elles avaient pu être reléguées si elles étaient jamais parties de France. Dans quelles obscures cales de bateau avaient-elles été égarées à moins que ce ne fût dans un port, ou expédiées dans un village du même nom dans un autre coin d'Afrique ? Ils ne les retrouvèrent jamais. Le médecin dut dire adieu à ses derniers souvenirs et Éric aux livres qu'il avait beaucoup aimés et qui lui revenaient par bouffées dans la mémoire. C'est à ce moment, peut-être, que l'idée lui vint d'écrire sur le souvenir qu'il en avait les livres disparus. Il commença par *L'île au trésor*.

Il fut quelque temps à comprendre que la couleur mettait ses feux sur une réalité moins luxuriante que ne le montrait le monde imaginaire d'un jardin d'acclimatation et que la nature sauvage offrait moins d'animaux qu'un parc zoologique, du moins ne les découvrait pas tout entiers. L'empreinte d'un sabot, une touffe de crins pris dans l'écorce d'un arbre, une peau de serpent avec les yeux, un grésillement de fourmis, un squelette aussi léger que la dentelle étaient en soi des événements capables d'enrichir une journée. Il n'avait jamais eu devant lui tant d'espace à découvrir, tant de temps à combler. Les cours de l'enseignement à distance ne lui étaient pas encore parvenus, il devait les recevoir tout d'un bloc, ce qui l'obligeait à finir sa cinquième sur les chapeaux de roue pour enchaîner, vacances comprises, sur sa quatrième puis sa troisième.

Sans valises, sans livres, pieds nus, sans autre vêtement qu'un short de son père ceinturé d'une ficelle, il ne fit qu'écrire. Il ordonnait son univers en s'appliquant à retrouver les scènes, les personnages et les mots du livre lu autrefois. La rigueur qu'il s'imposait plusieurs heures par jour et aussi, il le comprit plus tard, les images qu'il recomposait mettaient une distance de sécurité entre lui et ce qu'il voyait ou dont il se souvenait de ce temps assez gris qu'il avait vécu en France depuis que son père y était revenu. Toute la partie anglaise de *L'île au trésor*, il l'avait vue à travers ce qui lui apparaissait de Lyon mais à la même époque il aurait été bien en peine d'imaginer la partie tropicale dans les vignettes hachurées qui distrayaient les pages du livre. Elle prit toute sa couleur ici, la jungle de l'île se confondit avec la nature qui se déployait autour de la maison. Un jour l'écriture se mit à coller à la réalité. Un, deux, enfin dix domestiques proposèrent leurs services et tous les bandits de l'*Hispaniola* coururent dans les coursives de la case devenue goélette en perdition.

Irène lui demanda s'il avait pu comparer plus tard sa réécriture au livre car c'est un projet peu banal pour un enfant de douze ans que celui d'écrire de mémoire un roman qu'il a aimé.

Éric secoua négativement la tête. Il ne l'avait pas rapporté en France. *L'île au trésor*, version Petit-Baboua, fut oublié sur une étagère à moins qu'elle n'ait fini dans les archives de l'hôpital avec les dossiers des malades décédés.

— Je n'ai rien de ces années, lui dit-il, en revanche je suis encore sûr de la première phrase : « *Squire Trelawney, Dr. Livesey, and the rest of these gentlemen having asked me to write down the whole particulars about Treasure Island…* »

— En anglais ! s'exclama Irène.

10

Il avait trouvé un réconfort prodigieux à se trouver enfermé dans un livre qui racontait une histoire du passé et comble de chance dans une langue étrangère. En fait pas si étrangère que cela, car sa mère, professeur d'anglais, lui parlait anglais et lui avait appris à lire dans cette langue. L'angoisse qu'il aurait pu éprouver en se trouvant dans un pays inconnu, seul dans une baraque isolée, sans les objets transitionnels qui s'étaient perdus avec les valises, sans vêtements de rechange, sans nourriture autre, du moins au début, que des boîtes de survie que l'administration centrale leur avait fait parvenir avec le stock de Gitanes nécessaire à la consommation tabagique du père, s'était diluée dans celle de Jim embarqué sur l'*Hispaniola.* Peut-être s'était-il servi de sa propre anxiété et de la crainte que lui inspirait son père pour amplifier celle de Jim, à force de quoi, l'une annihilant l'autre, il se trouvait libéré de ces sentiments qui vont de l'appréhension à la terreur pour envisager le monde nouveau.

De son côté, le médecin-capitaine Paul Roman qui ne pratiquait ni tourisme, ni pêche, ni chasse, qui ne connaissait pas plus les maladies infectieuses que la chirurgie de paix découvrait un poste de secours abandonné aux langueurs de l'habitude où la place du chef, faute de médecin, s'était peu à peu effacée. La jungle humaine qui recouvre les postes désertés comme la brousse hirsute qui envahit le carré de jardin que l'on n'a pas régulièrement nettoyé n'avaient que faire de ce héros des batailles perdues. Le père avait le choix de bousculer les choses et de reprendre, même artificiellement, son rôle ou de laisser aller. Il n'avait plus la force de rien, les études forcenées, la guerre d'Indochine, la guerre d'Algérie, la mésentente avec sa femme, l'administration et le cancer de sa mère l'avaient mis hors jeu. La dépression avait pris toute la place.

Le père fumait tout le temps. Éric se rappelait le bout incandescent de la cigarette dans la nuit, tel un fanal qui disait si le père était debout, assis ou couché, s'il était dans une pièce ou dans une autre. Et aussitôt la voix venue du point lumineux et qui lui demandait ce qu'il faisait là. Parfois, et c'était plus inquiétant, le point rouge restait silencieux comme si le père dormait en fumant. Il fumait en passant la visite, il fumait même en opérant, grimaçant pour serrer le mégot entre ses dents. Il fumait en mangeant, la cigarette posée sur le bord de l'assiette où elle brûlait en tachant la faïence blanche d'une petite couronne brune. Quand il conduisait le fourgon qui servait d'ambulance, il chargeait Éric d'allumer ses cigarettes, ce qu'il s'empressait de faire à la façon d'un cheminot qui charge la machine de charbon. Il maniait le gros Zippo de métal comme si on lui avait confié un pistolet de guerre qu'il aurait armé pour tirer. Il aspirait la première bouffée et fichait la cigarette entre les lèvres du père, le plus près qu'il les ait approchées. « C'est dégueulasse, disait le père, tu l'as mouillée ! »

Ce père, ce n'est pas à la fille qu'il pouvait le raconter, il n'arrivait même pas à se le rappeler ou seulement par petites touches quand le souvenir affleurait ou quand il se surprenait à retrouver chez lui une de ses attitudes. Devant le père, il était lâche, pire il se sentait lâche, il se voyait lâche. Il avait mis dans leur relation la même complaisance à l'avilissement que celle qu'il provoquait maintenant dans son entourage chez chacun de ceux qui l'admiraient ou le craignaient. Ses interlocuteurs se liquéfiaient comme il le faisait lui-même devant son père. En réponse, sa colère montait. La colère qu'il aurait dû manifester devant les mauvais traitements que son père lui avait fait subir. Et à ce moment, il pensait que ce qu'il éprouvait, son père avait dû le ressentir quand il avait été torturé. Ce qu'il avait payé enfant, c'était le prix de l'humiliation du père. Il savait d'où venaient ses mots : du père sans rien y changer. Mais d'où venaient les mots du père ?

La douleur était leur seul lien. Le médecin-capitaine Roman demandait à son fils d'appuyer son index sur la veine battante qui irradiait les douleurs de sa migraine. Éric restait le doigt sur la tempe de son père à contrôler le flux du sang, n'osant relâcher la pression avant que le mal au crâne ne se fût dissipé. Le corps se relâchait, le père fermait les yeux. Mais parfois le garçon ne pressait pas assez ou arrêtait trop tôt, la douleur revenait plus fort et le père l'accusait de lui faire plus de mal que le mal. Il le menaçait de ne plus avoir affaire à lui.

Quand il lui passait de la pommade sur les cicatrices de son dos lacéré, quand il ravivait avec un ongle une douleur oubliée qui le soulevait hurlant sur le lit comme si les lanières du fouet le brûlaient, le médecin-capitaine Roman ne criait pas seulement de douleur mais de colère. Il accusait son fils de l'avoir fait exprès, il voulait lui foutre son poing sur la gueule. À plat ventre, les bras en croix sur le lit de sangle recouvert d'un drap d'hôpital à la blancheur douteuse, le père avait le corps du grand Christ décrucifié que les femmes allongent sur le dos pour panser les blessures du ventre mais dont lui, enfant, soignait le dos pour apaiser les douleurs d'anciens sévices. Le Christ était mort, abandonné, la tête inclinée sur l'épaule, le père était toujours vivant, le visage enfoui dans le drap qui étouffait ses râles.

11

Les trois gendarmes qui avaient achevé leur jogging du matin, dix kilomètres à petites foulées le long du fleuve, s'arrêtèrent devant Éric. Ils retrouvèrent la familiarité qui s'était ébauchée la veille au soir durant le dîner et surtout pendant le safari aux hippopotames. Ils étaient allés jusqu'au village remercier les pêcheurs qui avaient prêté les bateaux pour approcher les bêtes.

— Formidable, leur dit Éric comme s'il venait juste de quitter le bateau. Je le disais à… – le prénom ne vint pas alors il le remplaça par un coup de menton à l'adresse d'Irène –, tout simplement extraordinaire. Je n'avais jamais vu ça. C'est une sorte de rut, expliqua-t-il à la journaliste. Plus bruyant que celui des cerfs, plus mouvementé aussi, des tonnes de chair qui se montent les unes sur les autres, se défient, s'affrontent, se battent, se mordent.

— En faisant le repérage, quand j'ai appris qu'il y avait une colonie d'hippos, je me suis dit que vous aimeriez les voir de près, expliqua Karim.

— Alors, c'est un voyage organisé ! Un tour-operator du souvenir ! s'exclama Éric.

— On peut avoir des surprises, répliqua le Major, mais normalement tout est sous contrôle.

Pas mon cœur ni mon âme, se dit Éric. Peut-être la route était-elle sans danger, mais pas le cheminement torrentueux vers un passé enfoui qu'il croyait apaisé. Il était à la merci des images qui reviennent, des souvenirs qui remontent. Il en sentait les effets, une vibration invisible qui l'oppressait. Le corps de l'enfant qu'il cachait dans sa masse d'homme puissant, colérique et méprisant, tremblait de peur.

— En tout cas, affirma le Major, avant qu'on ne touche à un de vos cheveux, nous serons morts tous les trois !

Il était officier comme le médecin-capitaine Roman au même âge, trente-cinq, trente-sept ans tout au plus. Mais à hauteur d'enfant son père lui semblait un homme fini dans le ressassement amer d'une vie déjà perdue et ici, face au fleuve, le Major affichait le charisme d'un grand sportif, l'aisance d'un homme sans cicatrices ni fêlure. Pourtant ce type avait dû aller au Mali, peut-être en Libye… alors quoi ? les guerres ne devaient pas être les mêmes. Quand on ne les fait pas pour soi, on ne les perd jamais.

— Il y a un danger ? demanda Irène qui s'était infiltrée dans la conversation.

— Autrefois des coupeurs de route. Au pire un enlèvement, banalement une rançon. Ce sont des territoires oubliés, expliqua Karim, la population s'est rabattue sur les villes. Ceux qui sont restés survivent. Et puis ils ont été embrigadés dans des réseaux rebelles qui les ont armés.

— Et maintenant ? demanda Irène.

Les Chinois s'étaient installés près des mines qu'ils exploitaient, les fameuses mines qui nourrissent les portables, ils avaient donc protégé les routes. Ce faisant, ils avaient stabilisé les territoires abandonnés et fixé la population autour d'une économie de survie.

Les Chinois, Irène ne s'attendait pas à les trouver là. Elle savait qu'ils avaient acheté la plupart des grands ports de la côte pour assurer leur commerce maritime. Elle se demandait si acheter était moralement mieux que conquérir, ou si l'achat n'était pas la version contemporaine de la conquête. Elle ignorait tout d'une occupation dont personne ne parlait, d'une occupation qui pouvait rappeler la colonisation.

Le photographe les avait rejoints et le groupe des hommes se reforma autour de lui, retrouvant l'excitation de la veille. Ben Ritter avait dans son appareil la preuve que la bataille d'hippopotames avait bien eu lieu. Il fit glisser sur son appareil les clichés qu'ils essayaient de regarder, malgré la luminosité, en faisant l'obscurité avec une main qui cachait à Irène les photos qu'elle tentait d'apercevoir.

— Je vais vous donner des tirages, dit Ben à la satisfaction des gendarmes.

Mieux que des souvenirs, ils posséderaient une photo.

— Et ce matin, demanda le Second comme si Ben était avec son appareil doué d'un don de seconde vue, vous avez découvert quelque chose ?

— Rien que la terre qui poudroie, le ciel qui verdoie, dit le photographe en riant – et se tournant vers Éric : Je dois être atteint par la cécité des rivières !

— L'onchocercose, dit Éric à l'adresse des gendarmes.

Le soleil chauffait, la buée dansait sur l'eau. Irène regardait au-dessus de la tête des gendarmes une nuée de moucherons qu'ils écartaient de la main et qui revenaient en couronne de plus en plus compacte. Elle sentit sur son visage rouler un insecte inconnu, en le chassant elle écrasa une grosse goutte de sueur. La transpiration collait la mèche jaune d'Éric, son nez flambait. Le soleil était haut, la chaleur écrasait le paysage.

— Je vous propose d'aller prendre une douche et de rassembler vos affaires, dit le Major. Une demi-heure, ça vous va ? Il ne faut pas partir trop tard si nous voulons déjeuner à Ouregano.

— Déjeuner à Ouregano est une perspective tout à fait alléchante, ricana Éric – et en Falstaff quittant la scène, il chantonnait sur un air d'Offenbach : *Allons, allons déjeuner à Ouregano.*

— Pourquoi ? demanda Irène à Ben. Qu'est-ce qui le met en joie ?

— *No lo se,* répondit Ben, tu lui demanderas, un truc qu'il a vécu là-bas certainement.

Irène se dit qu'elle allait préparer l'étape d'Ouregano. Elle s'était laissé surprendre par celle de Nanga-Eboko. Maintenant qu'elle connaissait son homme, elle reprendrait la main. Il lui tardait d'ouvrir son iPhone et de taper Ouregano sur Google. Elle traversait d'un pas assuré la terrasse lorsqu'elle vit la peau du mouton qui séchait sur un fil de fer.

12

Au moment de regagner les voitures et de retrouver leurs places, Éric dit à Irène :

— Mais vous êtes en short ! – encore une intrusion dans son intimité. Vous n'allez pas à la plage ! – il l'accusait en plus de n'être pas professionnelle. – Vous avez entendu parler de la simulie quand même… – Elle restait bouche bée… Des mouches, des moustiques peut-être ?

Agacé, il lui tourna le dos :

— Ça ne vous embête pas de passer devant ou d'aller avec les gendarmes… comme ça vous serez entre jeunes. Moi, j'ai envie de parler avec Ben.

Le voyage tournait au chemin de croix, Irène allait de station en station. C'est avec elle qu'Éric aurait dû avoir envie de parler, pas avec l'autre qui était un vrai muet. Et puis cette façon désobligeante de mettre les jeunes avec les jeunes, pourquoi pas les femmes avec les femmes. Et s'il ne l'avait pas proposé, c'est qu'elle était seule dans son genre. S'imposer, rester dans la voiture et écouter d'une oreille ce que les deux vieux bonshommes pouvaient se dire ou regagner l'autre véhicule où elle entendrait des histoires de gendarmes, rien à voir avec son sujet. Elle restait entre les deux 4×4, hésitante. Puis d'un geste décidé elle posa la main sur la poignée de la portière avant-droite de celui du Nobel.

— Allez ! dit Éric en s'engouffrant à la place qu'elle occupait la veille et enchaînant tout de suite comme s'il poursuivait avec Ben une conversation personnelle : À votre avis, quelle est la plus belle photo ? La vôtre ?

Ben secoua la tête en souriant. Non, une photo qui faisait la couverture d'un roman : un singe qui portait la main à sa bouche pour étouffer un cri et puis une autre, curieusement toujours sur la couverture d'un roman, sur fond vert un gorille de dos, la tête dans les épaules avec cette pointe de poils, presque des cheveux sur la nuque qui marquait son humanité d'un soupçon d'animalité et pas le contraire !

— Et la pire ?

— Celle du roi d'Espagne devant l'éléphant qu'il vient de tuer. La tête de l'éléphant coincée sur l'arbre qui écrase sa trompe. C'est un cadavre qui n'est pas tombé, une bête qui a résisté à la mort et qui ne veut pas être un trophée.

Quand il partait en reportage, la plupart du temps pour photographier un grand de ce monde, Ben n'était pas inquiet. Il n'était pas là pour mille photos mais pour une seule. Et le miracle se produisait quand arrivaient les animaux. La fameuse image de Coco, le singe penseur, il l'avait obtenue en photographiant la primatologue Rose Lawrence. Il était là pour elle. Sur le cliché, il voulait le singe et la femme quand elle approche son visage du gorille et qu'elle le séduit par une mimique qui lui fait allonger les lèvres et pousser de petits cris de satisfaction.

Une femme déjà âgée avec une tresse d'argent sur la tête, les yeux plissés, les lèvres tendues vers la face du monstre, était en soi une photo extraordinaire, tout ce que l'humanité peut faire pour aller à la bête. Et puis en la développant, il avait pris le parti des bêtes, il avait enlevé la femme. Le singe n'était plus materné ni câliné par la femme la plus intelligente et la plus fine qu'il eût connue. Le gorille, le doigt sous le menton, était seul à s'interroger sur le destin des hommes qui le regardaient maintenant par millions. Ben avait pris la photo la plus visionnée, la plus imprimée, le poster le plus vendu, la preuve il était deux mètres sur deux dans le bureau d'Éric. Toutes les interviews que le savant donnait se déroulaient sous le regard du singe penseur.

— J'aimerais bien, dit Éric, voir la photo en entier. Imaginez-vous, c'est un de mes grands regrets, je n'ai jamais rencontré Rose Lawrence. Si j'avais pu décider de mon destin, c'est le sien que j'aurais choisi.

— Elle est morte d'Ebola, dit Ben qui faisait défiler des photos sur l'écran de son appareil, elle a été contaminée avec tout un groupe de primatologues au nord du Congo dans l'équipée de la montagne des Nuages.

— Je sais bien, dit Éric, ils ont été soignés un peu partout en Europe, sans succès d'ailleurs. Rose Lawrence, elle, a été prise en charge aux États-Unis. On voulait le mieux pour elle. On n'a rien pu faire pour la sauver – il disait « on » comme s'il était toute la médecine et toute l'Amérique.

— J'ai fait deux campagnes de photos avec elle, reprit Ben, en 2003 quand les gorilles ont été décimés par Ebola et en 2014 quand ils sont revenus grâce à l'histoire rocambolesque de cette femelle indemne avec laquelle ils ont reconstitué un nouveau groupe dans la montagne des Nuages. La photo est de l'époque la plus récente. Tenez, dit-il en tendant son appareil à Éric pour qu'il regarde.

— Ah ! dit Éric, ça change tout !

Déployée sur toute sa largeur, bien que dans un format réduit, la photo montrait un tête-à-tête entre la vieille dame et le gorille. Ils étaient très près, à se toucher. Le gorille ne regardait pas l'humanité mais tentait de s'extraire de la bulle dans laquelle Rose Lawrence l'avait enfermé. Ses yeux s'évadaient alors que ceux de Rose étaient fixés sur lui, avec une force qui en prenait possession et lui interdisait de bouger.

— Elle le connaissait, dit Ben Ritter, elle l'avait soigné tout bébé dans un orphelinat, il faisait partie des gorilles protégés qu'elle remettait dans la nature. Il ne s'était intégré à aucun groupe et restait solitaire. Attaché aux hommes, nostalgique de leur société, il était facile à repérer dans la forêt. Elle l'appelait et il venait. Effet garanti. Formidable pour les photos, mais un peu bidonné quand même. Comment peut-on penser qu'un être humain puisse approcher son visage d'aussi près. Il reste leur histoire particulière qui n'était pas banale, la confiance qu'ils se faisaient l'un à l'autre et tout cet amour qu'elle lui portait.

— J'ai connu ça avec un chimpanzé, dit Éric en écartant l'appareil, c'était un nourrisson. Sa mère avait été chassée pour la viande.

Quand il était arrivé au village, elle cuisait en morceaux dans un faitout et le bébé de quinze jours-trois semaines était au sein de la femme qui tournait le ragoût de la mère avec une branche. Une vision d'apocalypse, l'animal viande et l'animal au sein, contre la poitrine nue.

L'enchantement avait pris le pas sur l'horreur. Il ne voyait plus la peau qui séchait ni les mains et les pieds qui boucanaient, il ne sentait plus l'odeur de la viande qui s'élevait dans la fumée au-dessus de la marmite. Il ne voyait pas non plus la femme nue, son sein dans la bouche d'un singe. Il s'extasiait sur l'être le plus parfait et le plus désirable qu'il eût jamais approché avec la seule volonté de le prendre et de l'emporter. Le petit chimpanzé était à vendre. Il ne marchanda pas une somme qu'il n'avait pas et qu'il promit, tope-là, d'apporter le lendemain.

Rien que le petit contre lui qui s'accrochait comme à sa mère, rien que lui au monde.

— Ça s'est terminé tragiquement, dit Éric en rapprochant l'appareil de ses yeux pour retrouver la photo de Rose Lawrence, il est mort et le village est venu réclamer son dû.

« C'était plus fort que l'amour, dit-il en élargissant sur l'écran le visage de Rose Lawrence, sans que l'on sache s'il parlait de lui ou d'elle.

— Plus fort que l'amour, répéta Ben en reprenant l'appareil, c'est pour ça que j'ai coupé la photo. Trop de signaux. Rose était une femme délicieuse, très fine, des yeux presque transparents et une énergie de fer. La féminité incarnée. Je me demande si je n'ai pas voulu garder ce visage pour moi comme s'il m'appartenait et quand elle a disparu l'enfermer dans la boîte, dit-il en donnant une petite tape sur son appareil. Vous comprenez ?

— Peut-être, dit Éric, en tout cas en ce qui concerne la féminité.

13

En arrivant à Petit-Baboua, l'absence de femmes le frappa. Il avait vécu jusqu'alors dans un monde exclusivement féminin dont le cœur vivant était sa propre mère, qui pour son grand malheur lui avait donné une sœur. Ici, pas de femmes. Pas de femmes à la maison employées comme domestiques, pas de femmes à l'hôpital, ni infirmières ni secrétaires. Elles restaient dans les villages de paille qui ponctuaient la savane, le dos tourné aux chemins qui ne conduisaient vers aucun marché. Il aurait fallu les surprendre près des rivières où elles allaient encore puiser l'eau, ou sur les parcelles qu'elles défrichaient à la pioche, mais il aurait pénétré un monde secret et protégé par les hommes qui faisaient face à tout, à la chasse, à l'administration, au commerce, à la santé. À part les religieuses de la léproserie, les seules femmes dont il voyait la silhouette courbée étaient les patientes lorsqu'elles arrivaient ou sortaient de l'hôpital. Les seuls prénoms féminins qui le touchaient étaient inscrits sur la croix d'une tombe, ceux d'Hélène et de son bébé, Marie. Le séjour africain fut un bouleversement dans sa vie. Il le mit sur le compte de cette tradition qui voulait qu'à l'âge de raison les garçons fussent séparés des femmes et remis aux hommes pour les viriliser.

Plus tard son père se lia d'amitié avec une Vietnamienne qui tenait un boui-boui près du bac du grand Gustav. Sur quelques centaines de mètres, autour de sa paillote, elle avait transformé le paysage et on s'attendait à y trouver une rizière et des buffles. Ils firent sa connaissance en attendant le bac qui les transportait sur la rive camerounaise du fleuve, en buvant un Coca-Cola glacé, puis ils y allèrent quelquefois le dimanche pour un déjeuner vietnamien. Quand elle avait fini son service qui consistait surtout à houspiller ses boys, Mme Tong s'asseyait à leur table et entamait avec le père une conversation nostalgique dont il ne comprenait pas tous les mots concernant des lieux, des événements qu'il ne connaissait pas. Sur son apparence, il avait peu de choses à dire sinon qu'elle n'était plus jeune, une vingtaine d'années de plus que son père, petite, avec du vernis rouge sur les ongles des pieds.

Heureusement pour Éric, la dame possédait derrière la cuisine un zoo éphémère dont les prises, écume de la jungle, se renouvelaient à chaque visite. Dans des cages bricolées avec du grillage rouillé marinaient une civette, un rat palmiste, une biche naine, et attaché à un poteau un chimpanzé dont les facéties l'enchantaient. Il s'était mis en tête de communiquer avec lui par gestes, d'instaurer un langage entre eux, comme il le verrait exécuter beaucoup plus tard dans les documentaires animaliers de Rose Lawrence qui prétendait ne pas apprendre au singe à s'exprimer en humain mais aux hommes à reconnaître le langage des signes des chimpanzés.

Le désir d'avoir un singe à lui le tenaillait. Il voulait reprendre l'expérience dès le début quand le singe ne sait pas qu'il est un singe et que les hommes ne lui ont pas encore donné une effrayante image de l'humanité. Le pauvre être enchaîné était définitivement corrompu. Il reproduisait ce qu'on lui avait appris. Il réclamait à boire en introduisant son pouce dans la bouche de la façon la plus banale qui fût et se frottait le ventre pour demander à manger. Pour le reste, il ne faisait que restituer la gestuelle de la clientèle de passage qui était grossière et surtout sexuelle.

Quand elle se rendait à Ouregano pour faire ses achats en gros chez Alexandrou, Mme Tong ne manquait jamais en revenant de pousser jusqu'à chez eux. « Encore un emmerdeur », grommelait pour le principe le médecin-capitaine Roman avant d'accueillir tout sourire Mme Tong qui leur rapportait des denrées dont ils avaient perdu jusqu'au goût, du fromage ou des pommes ! C'était un moment de douceur et de fête qui lui faisait regretter qu'il n'y eût pas de femme à la maison. Son père plaisantait avec la Vietnamienne et toujours entre eux ces chuchotis sur un temps dont il n'avait jamais parlé.

Le médecin qui les avait précédés avait abandonné la maison dans l'état où la mort l'avait saisie avec tout ce qu'elle contenait. Au fil du temps elle avait été dépouillée de la plupart des objets utiles, mais il subsistait quelques débris qui émergeaient comme sortis de la carcasse d'une épave longuement brimbalée sur les flots. Un jour, Éric découvrit un peigne de corne noire qui retenait entre ses dents un cheveu blond. Une autre fois, une perle qu'il recueillit en la dégageant avec l'ongle de dessous une plinthe où un minuscule reflet brillant avait attiré son regard.

Un peigne, un cheveu, une perle signalaient au-delà de la mort la présence de la jeune morte. Elle était un fantôme triste et bienveillant auquel Éric se confiait dans son immense solitude. Parfois elle était seulement blonde, d'un éclat et d'une lumière qui cachaient des traits fins mais auréolaient un corps menu vêtu d'une simple robe blanche. Pourquoi blanche ? À cause du tennis peut-être, quand le rectangle herbu devant la maison était recouvert de la poussière de brique que pilaient les lépreux.

Il se rappelait cette impatience douloureuse qu'il avait de la savoir si proche et de ne rien connaître d'elle. Quand il interrogeait les domestiques, ils ne répondaient pas. Ils n'en parlaient jamais, comme si elle n'avait pas existé. En l'effaçant de leur vue la mort avait éteint leur mémoire. Aucun détail avec lequel il aurait pu composer un souvenir. Ils l'avaient regardée vivre du matin au soir, ils avaient changé ses draps, lavé son linge. Ils savaient ce qu'elle aimait boire et manger, comment elle découpait une mangue, pressait un citron, buvait son thé. Ils ne disaient rien. Aussi dans les gestes que ces domestiques avaient pour son père et lui-même, il cherchait la trace de ceux qu'ils avaient eus pour elle. À moins que, suivant une tradition encore plus ancienne, ils n'aient été servis dans les règles instituées au début de la création du poste médical de Petit-Baboua. Un premier domestique avait appris les rudiments du savoir-vivre d'une France oubliée et réinventée qui ressemblait à la France dans laquelle Éric avait lui-même vécu ! Pas de chaise sur laquelle elle se serait assise, pas de lit où elle aurait dormi, pas de miroir où elle se serait contemplée car là, c'est sûr, son désir de la rencontrer aurait fait surgir derrière son propre visage le reflet du sien.

Elle lui apparut pourtant longtemps après, le jour où le père évoqua avec Mme Tong les conditions dramatiques de sa mort et encore ne parlait-il pas particulièrement d'Hélène mais du risque que les médecins prenaient en emmenant leurs jeunes femmes et en les accouchant eux-mêmes. Elle avait été en travail pendant des heures, son mari n'avait pas osé une césarienne qu'il aurait pratiquée dans des circonstances semblables sur n'importe quelle autre femme. On n'entendait plus le cœur de l'enfant qu'il finit par extraire au forceps. C'est alors qu'elle se mit à saigner de ces hémorragies qu'on ne contrôle pas. Elle se vidait de son sang. Personne à appeler au secours. Mme Tong était venue faire la toilette funéraire : « Elle était si pâle ! »

Le destin d'Hélène le poussa à ouvrir l'abrégé d'obstétrique de campagne de son père. Il pouvait dire maintenant que ce petit volume avait été son premier livre érotique, et cette femme coupée en deux avait fixé ses fantasmes amoureux. Elle n'était qu'une figure abstraite dont les organes reproducteurs avaient été tracés d'une plume légère. Sur la moitié du pubis flottaient quelques poils follets qui donnaient une réalité au sexe inconnu et l'enveloppaient d'un érotisme rare et précieux comme certains tableaux qui, montrant une beauté idéale, laissent à voir par un détail presque trivial comme le rose appuyé d'un ongle de pied que le sujet évanescent a eu comme modèle une jeune fille bien réelle.

La suite est difficile à raconter. Voyant le goût de son fils pour l'anatomie et la précision avec laquelle il reproduisait les dessins, utérus, trompes de Fallope, ovaire, vagin, petites lèvres, grandes lèvres, pubis et… quelques petits poils légers, le père lui proposa de voir les choses pour de bon. Dans les familles bourgeoises, la tradition voulait que le jeune homme jetât sa gourme dans une maison convenable initié par une fille dont le savoir-faire avait été testé par le paterfamilias en personne.

Dans l'esprit du père, le déniaisement du fils prit une tout autre dimension : l'Afrique, la solitude, le trou perdu, la mésentente, la perdition, la haine de soi, et il faut bien le dire, la folie entraînèrent le père à proposer à son fils d'assister à une autopsie, d'échanger le crayon pour le scalpel. Éric n'avait jamais vu de mort. Elle était très morte. Sur la table de zinc, avant que le luminaire fût allumé, sa peau avait ces tons de gris qui viraient au vert avec le croissant blanc des yeux qui s'étaient rouverts. Le visage enfoncé dans la nuit rayonnait de l'éclat de sa sclérotique et aussi des incisives qui brillaient entre les lèvres rétractées. La couleur de sa peau coulait sur ses formes comme un linceul qui la recouvrait pudiquement des seins jusqu'au pubis, elle était la figure de la pudeur. Le père ouvrit le ventre.

La scène disparut de la mémoire d'Éric jusqu'à ce que, des années plus tard, se trouvant face au grand tableau de Manet devant le corps blond d'Olympia, le souvenir de la morte de la morgue ressurgisse dans le bouquet que tenait la suivante noire : tous les organes sortis du ventre comme une palette de couleurs. Et ce qu'il avait cherché toute son enfance, le visage et le corps d'Hélène lui furent donnés en prime dans la blancheur dorée d'Olympia.

— Il m'est arrivé quelque chose d'étonnant, dit Éric

en s'adressant à Ben, il y a quelques jours je regardais vaguement la télévision, une série française. Et j'ai vu Hélène.

Son image avait survécu. Peut-être la perspective de retrouver les lieux où il l'avait inventée l'avait-elle réanimée. Sans maquillage, les cils blonds, elle était restée au même âge.

— J'ai attendu le générique pour connaître le nom de l'actrice qui épousait cinquante ans après mon désir de gosse, mais je me suis endormi. Son visage, son corps, ses gestes, j'ai tout reconnu ! – il ferma les yeux : Les fantômes, murmura-t-il, prennent d'étranges moyens pour apparaître. Autrefois dans les campagnes on voilait les miroirs, aujourd'hui, il faudrait éteindre les écrans.

Ben Ritter comprit qu'il était toujours en deuil.

14

Ils avaient quitté la route qui suivait le fleuve. Ils s'embarquaient dans ces longs périples en voiture où la rêverie s'imprime sur le paysage monotone et où les rares conversations sont plus la suite d'une méditation personnelle qu'un véritable échange. Leur 4×4 roulait derrière celui des gendarmes. Depuis qu'ils s'enfonçaient dans le pays, il soulevait une épaisse poussière rouge qui s'incrustait sur le pare-brise et retombait de chaque côté de la route, rougissant les bambous rabougris qu'elle asphyxiait. Devant, Irène, le regard gêné sur ses cuisses nues, essayait de se concentrer sur la conversation de l'arrière dont elle ne récupérait que des mots, Ebola, gorille, Rose Lawrence, Hélène, Mme Tong, qu'elle redistribuait dans une histoire d'amour et de féminité dont elle se sentait exclue comme si elle ne pouvait faire partie d'aucun rêve masculin, en tout cas pas le leur.

Elle se tourna vers Goodluck qui ne la regardait pas. Il était difficile d'amorcer une discussion, peut-être à cause de ce nom qu'elle était incapable de prononcer comme si, par appellation interposée, elle risquait d'entrer dans le monde de la colonisation. Car ce n'était pas un nom qui identifiait cet homme mais un surnom. Goodluck, tu parles ! Chanceux parce qu'il conduisait le 4×4 de l'ambassade !

C'est alors qu'Éric, qui en lui rendant son appareil avait terminé son échange avec Ben, posa sa main sur l'épaule de Goodluck. Il l'interpella. Il reprit leur conversation de la veille dans cette langue où Irène n'entendait que ce qui émergeait en français avec quoi elle recomposait une histoire de lépreux. Éric voulait savoir ce qu'étaient devenus les lépreux de la léproserie de Petit-Baboua après le départ des sœurs. Goodluck, réanimé, répondait en regardant Éric dans le rétroviseur. Son grand-père était mort mais son père vivait encore au village.

— Au village des lépreux ? demanda Éric.

— Non, à Petit-Baboua avec tout le monde.

Ne pouvant ou ne voulant pas comprendre, Irène regardait fixement la route en prenant en plein visage des paquets de poussière comme si le pare-brise ne les arrêtait pas.

Ben laissait traîner son regard, dans une image floue qui s'éclairait soudain lorsqu'il se passait quelque chose. De la poussière, de la poussière comme un rêve rouge, et dans une déchirure un groupe de Chinois accroupis que la vitesse de la voiture effaça. Il n'osa pas demander si quelqu'un avait aperçu les Chinois. Peut-être était-il en train de rêvasser et les Chinois appartenaient-ils à une vision qu'il avait saisie dans son dernier voyage en Chine et que son rêve avait furtivement rapportée dans le présent et installée dans le brouillard de poussière rouge.

Ce n'était pas l'Afrique qui était en soi extraordinaire en offrant des illusions à la pelle, c'était l'effet d'Afrique qui faisait surgir de chacun sa propre chimère. Aucun des voyageurs qui sillonnaient la même route, au même moment, ne voyait la même chose. Si Goodluck revenait à des souvenirs d'enfance qu'il ne pouvait partager avec personne, pas même avec Éric qui avait le pouvoir en parlant sa langue de les provoquer, Irène apportait avec elle toute la prévention de son époque, elle voyait les méfaits de la colonisation comme ceux d'une société matérialiste et libérale qui avait ravagé et asservi un espace voué à la nature première, donc bonne et généreuse. Ben se rendait compte que son esprit était partagé entre une très ancienne mémoire dédiée à Rose Lawrence et aux gorilles et une plus récente, son voyage en Chine. S'il laissait son esprit vagabonder les images s'entremêlaient. Quant à Éric, ce n'était pas l'Afrique qu'il retrouvait mais la confrontation avec son père qui s'imposait sur cette terre, dans ces paysages, le malheur qui avait forgé sa vie entière et qui le ramenait sur les traces du forfait, oui du forfait, car un enfant maltraité se croit responsable de la maltraitance qu'il a subie.

La prévention d'Irène vis-à-vis d'Éric tenait à cette période coloniale ou postcoloniale qui ne valait pas mieux et au fait que son père avait été médecin et militaire. Elle entrait à reculons dans un monde qu'une génération avait condamné et qui lui déplaisait d'autant plus qu'elle se défiait des médecins. Pourtant elle devait suivre la ligne éditoriale du *Grand Magazine*, écrire quelque chose de sensible et de positif à propos d'un événement majeur : le prix Nobel décerné à un médecin français. Cocorico ! Or Éric lui répugnait et le Nobel, après cette histoire de harcèlement sexuel, était à ses yeux discrédité.

De l'Afrique, Irène avait absorbé tant d'images qu'elle ne voyait plus celles qui défilaient sous ses yeux, tellement ternes par rapport aux documentaires éclatants, tellement lentes par rapport au rythme des films. Elle voulait une impression d'Afrique aussi forte et aussi nette que celle qui l'avait emportée devant le fleuve le matin à sa fenêtre. La voiture climatisée où les souvenirs du passé s'échangeaient était un espace aseptisé qui les protégeait de la réalité du présent. Elle appuya le front sur la vitre pour ressentir un peu de la chaleur du dehors, en ouvrant grand les yeux, elle voyait la poussière rouge que le 4×4 des gendarmes soulevait et qui se déposait en nuages sur les bas-côtés, l'empêchant d'apercevoir quoi que ce soit.

— Goodluck a eu une double vie entre deux rivières, dit Éric au reste de la voiturée, et ainsi par miracle, sautant de l'une à l'autre, il a pu échapper à la malédiction des deux, la lèpre de ses parents et l'onchocercose de la famille. Chaque fois il est tombé au bon moment, la rifampicine pour la lèpre et l'ivermectine pour la cécité des rivières. Il a vu le jour au moment où les médicaments avaient réglé leur compte aux vieilles épidémies et où les nouvelles ne faisaient que de timides incursions, juste des bancs d'essai. Cinquante ans plus tôt il avait le destin de son père, il vivait près de ses parents lépreux à l'isolement dans un lazaret ou celui de son oncle, les yeux blancs, la main sur l'épaule d'un enfant.

Et faisant un effort pour se pencher à l'avant, vers Irène :

— Je vais vous apprendre quelque chose qui va vous étonner. La lèpre a été la chance des lépreux, au moins de la génération du père de Goodluck. Ils étaient soignés par des religieuses belges, des femmes magnifiques qui ne s'étaient pas contentées de les nourrir et de les panser, elles leur avaient fait l'école. Beaucoup de religion mais aussi, au petit bonheur la chance, ce qu'elles savaient, ce qu'elles étaient.

Éric avait le souvenir d'une plus savante que les autres qui l'aidait parfois pour ses thèmes grecs et qui avait converti en héros de l'Antiquité les enfants de la léproserie. Elle leur faisait même jouer des saynètes tirées de l'*Iliade* et de l'*Odyssée.*

— Comment s'appelle ton père, son petit nom? demanda Éric à Goodluck.

— Achille, répondit-il.

— Vous voyez, dit Éric qui triomphait. Achille, quand les autres sous le poids de la mondialisation n'ont eu que des noms de footballeurs.

— Et que fait Achille maintenant?

— Papa est administrateur en chef de Petit-Baboua.

— Les enfants de lépreux ont été les seuls à bénéficier d'un système scolaire qui, joint à la puissance de l'Église, leur a donné un statut. Avec la décolonisation, ils se sont trouvés aux avant-postes. J'ai dans mon équipe un chercheur qui s'intéresse au destin des enfants de lépreux dans le monde. Un type très brillant, sa thèse a été publiée en français: *La lèpre, de l'ostracisme à l'intégration.* Vous avez lu?

Pourquoi l'aurait-elle lue?

— Je ne sais pas, dit Éric, vous vous intéressez à la médecine, non?

— Pas plus que ça!

Elle s'intéressait aux vocations ou comment l'enfance engage la destinée.

Dans son coin, la voix de Ben Ritter:

— Alors tu es pile dans le sujet!

15

La découverte de la léproserie de Petit-Baboua se fit par hasard au cours de la fugue où il avait sauvé sa peau. Le père n'avait aucune expérience de la taloche, de la calotte ni même de la gifle ou de la fessée. Il frappait pour faire mal, pour bousiller, pour anéantir. Dans le feu de l'action, ce n'était plus un père qui sous le coup d'une immense colère fichait une tannée à son fils pour le punir d'un horrible méfait mais un guerrier qui voulait se débarrasser du plus haï de ses ennemis. Il frappait pour tuer. La bouche en sang, l'œil fermé et la peau du crâne arrachée n'étaient que des dégâts collatéraux.

La nuit était tombée, la lampe-tempête s'était éteinte, les domestiques étaient partis et le gardien gbaya n'avait pas commencé sa nuit. Éric était seul avec son bourreau dans une maison vide. L'instinct de l'animal lui commanda de reculer dans l'ombre la plus noire, d'éteindre larmes et cris, de retenir son souffle et de faire le mort tant que la colère du père ne serait pas éteinte. Qu'il ne l'entende plus hurler, parler tout haut, cracher ses visions de torture. Attendre sans bouger que le bout incandescent de la cigarette quitte la pièce, revienne, s'éloigne et s'éteigne quelque part.

La lune éclairait le terrain devant la maison d'une lumière blanche comme ces négatifs en noir et blanc qui effacent la couleur mais rehaussent les contrastes. Il roula sur lui-même, glissa sur les marches de la terrasse et partit en rampant sur l'herbe aussi blanche que la neige, pour se fondre dans l'ombre opaque des premiers buissons. Comme un prisonnier qui s'évade, il reprit lentement son souffle, s'enfonça encore jusqu'à ce que les arbres fassent obstacle et forment autour de lui une clôture végétale qui le protégeait tout en l'empêchant de trouver une sortie.

Il était au fond d'un puits de silence. Il écoutait rouler dans le vide des bruits minuscules, la patte d'un caméléon qui griffe une branche, une graine qui tombe et rebondit sur un tapis de feuilles, un oisillon qui ouvre le bec. Les uns après les autres, comme un feu qu'on allume et qui prend, les bruits s'amplifièrent. D'abord haut dans les arbres des battements d'ailes. Un ululement là-bas, un appel ici, et en bas, des froissements et le bond d'un animal au milieu des racines emmêlées. Le jour qui perçait à travers les arbres et coulait le long des troncs l'éclaira dans une cacophonie de cris, d'appels, de chants, jetés avec une impatience et une vigueur qui le chassaient de là où il était et le poussaient vers le passage qui s'ouvrait tout près, un étroit chemin grossièrement tracé au coupe-coupe. Il se blessa au pied.

Une demi-heure plus tard, le village lui apparut, semblable à celui où il avait trouvé le singe, une dizaine de huttes de paille posées sur des murets de boue sèche autour d'une cour de terre battue d'où s'élevait une fumée grise. Une femme accroupie, pareille à celle qui allaitait le chimpanzé, posait sur un feu de bois la même bassine d'étain aux bords noircis. Quand elle aperçut Éric, elle jeta un grand cri. Les habitants jaillirent de leurs huttes. Des tordus, des boiteux, des culs-de-jatte, des amputés d'un bras, d'une jambe, des sans-mains, des sans-doigts, des hommes, des femmes à la figure rabotée, aux bouches trouées, tous tendus vers lui, l'interrogeant muettement sur sa présence de garçon trop grand, trop roux, blanc de blanc, avec ce visage sanglant et tuméfié, cet œil fermé, sa tête pleine de croûtes noires. Éric et les lépreux s'observaient mutuellement pleins d'horreur et d'appréhension.

Où était-il tombé ?

Que faisait-il ici ?

Comment s'en sortir ?

Comment l'empêcher de rester ?

Une voix s'éleva : « Qui es-tu ? » Éric reconnut du gbaya, il salua comme le lui avait appris le gardien et les lépreux soulagés s'ébrouèrent. On lui demanda ce qu'il lui était arrivé. Il expliqua qu'un animal l'avait attaqué dans la forêt. Le village s'interrogea sur la nature d'une bête qui s'en prenait au visage, au crâne, aux jambes, au ventre et aux mains. Il y eut quelques supputations amplement commentées par les uns et par les autres d'où il résulta que seuls les hommes-panthères pouvaient faire de telles blessures. La voix demanda :

— Quelqu'un lui en voulait-il au point d'avoir décidé sa mort ?

— Non, non, répliqua Éric, seulement une bête – il décrivit une boule hirsute et furieuse qui avait défoncé le mur de la forêt, il lui mit des cornes, des défenses et des griffes.

— Ah ! les griffes, cela expliquait bien des choses…

Dans sa malchance, il avait de la veine, les religieuses qui s'occupaient de la léproserie venaient livrer le manioc, l'huile, la viande de la semaine et faire les pansements. Elles le soigneraient. Et puis il n'était pas loin de l'hôpital, une heure à peine. La femme qui avait crié lui donna à boire, les autres s'approchèrent pour le voir de près, des très vieilles et des très jeunes qui avaient dans les bras des bébés et, accrochés à leurs pagnes, des enfants que la lèpre n'avait pas encore touchés et qui par contraste faisaient ressortir les boursouflures et les mutilations de leurs mères.

Le jour levé, il entendit le crachotement d'une camionnette qui arrivait par-derrière. Nouvelle ruée, sacs de farine jetés à terre, de la viande balancée dans la poussière et tout de suite dépecée par ces êtres humains à quatre pattes qui rugissaient, se menaçant les uns les autres pour s'emparer d'un morceau de bidoche, devant des Blanches impassibles qui se tenaient à l'écart, bras croisés, attendant que ce moment atroce s'arrête quand il n'y aurait qu'une trace de sang dans la poussière que les enfants viendraient gratter pour sucer leurs ongles. Éric voyait des bêtes, il avait été une bête et son père aussi. Comme si l'état de bête était en nous à fleur de peau, prêt à surgir dans la colère, la peur, la faim. Il s'en souvint plus tard en regardant, au moment du Black Friday, les gens se ruer sur des télévisions et des machines à laver qu'ils enlevaient sur leurs dos, les femmes s'écharpant le jour des soldes, l'impatience hystérique des gens dans une file d'attente…

— Mais vous êtes le fils de notre médecin ! s'exclama une des religieuses. Que faites-vous là ? Que vous est-il arrivé ? C'est votre papa qui doit être inquiet.

Éric expliqua qu'il avait voulu suivre une biche naine pour voir où elle cachait son petit et que d'arbre en arbre il s'était égaré. Puis il leur servit l'histoire d'un animal furieux, lourd et brutal qui l'avait renversé, piétiné et labouré de ses défenses.

— Voyons ça, dit une des religieuses.

Éric hésitait voyant la file des lépreux, à qui il volait une place, s'étendre derrière lui.

— Non, non, vous d'abord ! Que dirait le docteur ! Vous êtes bien amoché, l'œil ce n'est rien mais vous risquez d'avoir un trou au crâne, on ne peut pas coudre la peau, il en manque trop. Ça vous fera une petite tonsure ! Votre doigt est cassé, on va vous mettre une attelle. Vous avez des hématomes au ventre et au dos. Il est possible que ce soit un gros phacochère dont vous avez dérangé la harde. Il faut que vous passiez une radio. Allez ! on va nettoyer tout ça – et regardant du côté du village : Oh ! eux, ils ont tout leur temps ! Après on va faire la classe aux enfants.

Elles lui expliquèrent que les enfants de lépreux naissaient sains et qu'ils étaient laissés à leurs parents au risque d'être contaminés plutôt que d'être isolés dans des orphelinats. Elles leur apprenaient à lire et à écrire et les instruisaient comme une mère le fait avec ses enfants, à la mesure de ce qu'elle sait elle-même. Certaines de ces religieuses en savaient beaucoup, elles sortaient parfois de grandes familles qui ne pouvaient s'empêcher de regretter leur premier prix de piano au Conservatoire quand elles apprenaient qu'elles partaient soigner les lépreux. À part la bible, elles possédaient peu de livres, alors elles racontaient beaucoup et adaptaient les histoires et les auteurs de leurs pays aux mythes et aux légendes d'un village de lépreux. Les enfants des lépreux de Petit-Baboua furent baignés de légendes grecques grâce à Edwige, une grande femme osseuse et rieuse qui faisait profiter la léproserie de son goût pour la mythologie.

— Et vous, lui demanda-t-elle, que pourriez-vous leur apporter ?

Éric ouvrit les mains, rien, tout, il ne savait pas.

— Vous êtes en seconde ? À treize ans ! Vous pourriez leur enseigner les mathématiques.

Il y alla chaque semaine mais pour les initier à l'anglais. C'était l'occasion de revoir les sœurs et de demander quelques conseils à Edwige, la savante. Fréquenter des femmes aussi. Dédramatiser sa première impression du lazaret. Ne restaient au village que ceux qui l'avaient choisi pour recevoir une pitance maigre mais régulière et surtout être protégés de l'ostracisme des habitants de Petit-Baboua qui leur donnaient toujours la chasse et faisaient signer leurs forfaits par les hommes-panthères.

En fin de journée, Éric fut ramené à l'hôpital dans la camionnette des religieuses. Le médecin les remercia avec effusion. Point de feinte là-dedans mais l'énorme effort sur soi des violents qui veulent juguler leur violence et qui pour paraître normaux surjouent des sentiments qu'ils ne connaissent pas. Les religieuses racontèrent l'histoire du phacochère qui serait désormais validée et à laquelle Éric lui-même s'efforça de croire pour se persuader que la réalité était un mauvais rêve. Puis sur le même ton elles évoquèrent les lépreux, le manque de ressources surtout en viande. À peine dix ans plus tôt elles pouvaient compter sur un buffle de temps en temps que leur apportait le médecin d'Ouregano. Aujourd'hui, la léproserie dépendait de l'administration locale qui se servait d'abord et qui prenait prétexte de la chute du nombre des cas de lèpre pour la rationner. Du zébu sacrifié, elle n'avait en bout de course que les sabots. Avec émotion, le médecin promit de plaider leur cause.

— Vous êtes un saint, Docteur ! – et puis désignant Éric : Vous devriez lui passer une radio, il a de vilains hématomes sur le ventre.

16

La colère apocalyptique du père avait marqué un changement radical dans sa vie. D'une insouciance qui n'en était pas une, Éric bascula dans une appréhension qui ne le lâchait pas. Avant, le danger pouvait tomber du ciel ou sourdre de la terre, il surveillait l'araignée qui descend lentement sur son fil, le mille-pattes derrière une plinthe vermoulue, une colonne de fourmis rouges qui coule le long des marches comme une nappe de sang. Après, il se concentra sur la présence du père, ses silences, la crispation de sa mâchoire, l'aspiration goulue de sa cigarette, le rejet brutal de sa fumée, ses poings serrés sur la nappe, ses jambes sous la table qui s'agitaient par saccades. Car la colère dévastatrice, jaillissement de toutes les colères retenues, avait libéré sa violence. Un barrage qui cède, après avoir tout submergé, ne retient plus les crues ordinaires.

Longtemps, Éric en porta la culpabilité sans pour autant vouloir revenir sur son méfait, préférant imaginer que son père lui reprochait seulement sa laideur. Dans ses insultes, il insistait beaucoup là-dessus ou son inutilité, il répétait que sa disparition n'affecterait pas l'ordre des choses, que personne ne le regretterait. « Vois-tu une seule personne au monde pleurer sur toi, et même se souvenir de toi ? Tu n'es qu'une merde ! » Et il faisait le geste de tirer la chasse d'eau.

Éric était bien d'accord. Il subissait les scories de la colère paternelle comme la fin d'un orage lorsque le tonnerre gronde encore, que le ciel se déchire sur un nuage qui crève. On ne cicatrise pas comme ça d'un accès de violence, il en savait quelque chose, la douleur battait, irradiait, se compliquait de sensations désagréables. Il exhibait sur son corps ce que son père avait encore sur le cœur. Il n'était pas assez fort pour comprendre ce qui s'était passé le soir où le père l'avait battu à mort en disant chaque fois qu'il frappait où il portait ses coups, à la façon de l'anatomiste qu'il s'efforçait d'être ou du tortionnaire qu'il avait vu faire.

Il fallait bien s'avouer que ce qu'il avait subi n'était rien à côté de ce qu'il pensait avoir mérité et il regrettait que les coups ne l'aient pas tué car c'est la mort qu'il désirait. Il fallait revenir au jour où il avait recueilli le bébé chimpanzé, enlevé serait plus juste dans un élan, il l'avait dit, plus fort que l'amour. Il ne devait connaître ce sentiment qu'une fois dans sa vie, une tempête de bonheur, de puissance et de joie quand le désir trouve sa satisfaction, quand le rêve se rend maître de la réalité et l'oblige à l'incarner. Il était dans son rêve, il vivait son rêve, il l'éprouvait avec tous ses sens. Cela tenait en un chimpanzé d'un kilo qui se serrait contre sa poitrine en se tenant de toute sa force à son cou, le ceinturant de ses pieds. Un bébé qui serait toujours avec lui, qu'il élèverait, à qui il apprendrait à parler comme les Américains le faisaient avec des images que les singes désignaient du bout d'un long doigt raide et rapide. Plus tard, en regardant E.T., il pleura. Bien avant E.T., le bébé chimpanzé était l'étranger innocent et parfait dont la laideur est une grâce divine ; l'Autre, venu d'ailleurs avec lequel on veut se lier toute sa vie pour se consoler de n'être qu'un homme.

Là, dans l'auto à côté de Ben, il était incapable de se repasser la suite ni même de lui dire que s'il aimait si fort ses gorilles c'est qu'ils étaient une image diffractée des chimpanzés, qu'à travers eux il touchait à une immense joie qui s'était transformée en une blessure indicible dont seul son corps portait la trace, et il mit sa main sur sa tête pour plaquer ses cheveux, ceux qui restaient, sur le trou qu'il s'appliquait à cacher dans un geste qui était interprété comme la coquetterie d'un chauve et dont on se moquait quand le vent soulevait la mèche cartonnée à force de gel. Comme le singe qui désigne la lune, les idiots voyaient la mèche s'envoler, pas le trou qu'elle découvrait.

— La première chose que j'ai demandée en arrivant à Wichita, dit-il à Ben, c'est d'interdire les expériences sur les chimpanzés. Ça n'a pas été facile, d'abord parce que, si proches de l'homme, ils sont extrêmement utiles et puis parce qu'ils sont relativement dociles. Ils s'attachent à leur soigneur et acceptent tout ce qu'on leur demande, ils sont même coopératifs. Bref, il avait fallu exfiltrer six individus, leur trouver une terre d'accueil. Le directeur du zoo du cru, un bonhomme formidable qui avait compris la situation, leur avait créé un lieu où ils étaient entre eux et séparés du public. Peu présentables avec leurs crânes à nu, l'os labouré par les cicatrices des électrodes qu'ils avaient portées une partie de leur vie.

Éric allait souvent leur rendre visite, histoire d'aider et de conforter le directeur du zoo, ce cher Humphrey, dans ce sauvetage inédit, pour voir ce que les singes devenaient. Ils étaient immensément tristes comme ces malades psychiatriques qui n'arrivent plus à combler le temps vide entre les médicaments et les cigarettes. La vie du laboratoire leur manquait, la lumière crue des lampes à acétylène qui annonçait l'arrivée des gamelles d'inox, le ballet des techniciens qui les ponctionnaient, posaient une perfusion, prenaient leur sang, ajoutaient ou enlevaient une électrode. Thermomètre, tensiomètre, oxymètre, radio, échographie, préparation au scanner ou à l'IRM, sous la lumière bleue, entre carreaux blancs et portes d'acier, ils étaient distraits toute la journée. Terreur du week-end quand les chercheurs quittaient la blouse, la charlotte, le masque ou le scaphandre pour devenir des hommes avec des pulls et des cheveux. Alors, le ciel tout entier au-dessus de leurs têtes, de la végétation pour horizon et une corde entre deux troncs d'arbre ne les intéressaient pas.

— Ils ont fini par me foutre le cafard, dit Éric. J'allais retrouver le moral du côté des gorilles dynamiques et dominateurs ne manquant pas une occasion d'affirmer leur force. Les pauvres chimpanzés, victimes de leur intelligence et de leur adaptabilité, de leur sens des nuances, de leur goût du consensus et même de leur humour... Il y a quelque chose qu'on a loupé.

— Notre séparation d'avec eux ? interrogea Ben.

— Peut-être, répliqua Éric. Vous avez lu *Les animaux dénaturés* ?

— Et comment !

Le directeur du zoo lui avait désigné un type qui venait

tous les jours consigner dans un cahier les faits et gestes des gorilles derrière leur vitre. Encore un admirateur de Rose Lawrence qui jouait au primatologue à l'abri d'une épaisse vitre de Securit. Quand il s'attardait après la fin des visites, un gorille fonçait sur lui et lui balançait une énorme claque à travers la vitre pour lui dire de partir et plus vite que ça. Le bonhomme ne se le faisait pas dire deux fois.

— Le cher Humphrey a eu la bonne idée de lui ouvrir l'enclos des chimpanzés. Le primatologue autoproclamé est arrivé avec ses cahiers, ses crayons et sa méthode, celle dont nous avons tous besoin pour justifier nos actes et oser affronter nos chimères. Le type a commencé à y aller plusieurs heures par jour, puis il y a passé la nuit, enfin il a oublié que le monde existait. C'est une façon de sombrer dans la folie. Ils étaient là, mes pauvres petits bourgeois de Calais, avec leurs têtes rabotées à attendre une quelconque renaissance. Ils se sont occupés du primatologue, ils lui ont bouffé ses crayons et déchiré ses cahiers, ils l'ont déshabillé, ils voulaient du peau à peau. Dès que vous prenez en charge un chimpanzé vous ne pouvez pas comme un enfant le quitter plusieurs fois dans la journée, le confier à n'importe qui, l'oublier, la nuit, dans un berceau. Ils veulent dormir avec vous et dans la journée le rythme de l'interaction étant plus rapide qu'entre les humains, vous êtes sans cesse sollicité.

— J'ai photographié au Brésil, dit Ben, une femme qui servait de garde d'enfant à un jeune lamantin. Il faut se représenter ce qu'est un lamantin, le corps d'un gros phoque, un mufle grossier avec de la moustache, deux trous pour les yeux, des ailerons en guise de bras, une sorte de brouillon d'avant nous-même, un truc approximatif, vaguement griffonné sur un bout de table qui finit en dessin animé dans les Barbapapa. Cet être qui, faute de mère, débordait de sentiments avait besoin qu'une femme lui donne le biberon. Elle se tenait sur le bord en ciment d'un bassin rempli d'eau marronnasse d'où sortait la tête qui recrachait le lait de la bouteille mais qui, prenant appui sur ses jambes et gardant le contact avec ses pieds immergés, refusait qu'elle bougeât. Deux désespoirs conjugués, car la femme était volontaire, elle affirmait que c'était le seul métier qu'elle se sentait capable d'exercer. Dans l'échelle des êtres elle voulait se consacrer à une créature sous-marine, informe, sourde et pratiquement aveugle.

— Je ne peux m'empêcher, répondit Éric, de penser aux femmes que l'on donne comme nounous aux petits chimpanzés dans les orphelinats créés sur le modèle imaginé par Rose Lawrence. Elles sont rémunérées par les ONG mais la tristesse de ces femmes est sans borne. C'est un métier dans lequel elles avilissent leur maternité. On leur a donné pour mission de traiter les singes comme leurs enfants. Mais elles savent que ce sont des bêtes. Quelque chose se noue en elles, elles s'absentent et s'offrent aux singes comme une branche.

« Quand je pense à la femme qui allaitait mon chimpanzé, bien que l'image soit frappante et que chaque fois que je la raconte je choque ceux qui l'entendent, c'était transitoire, elle maintenait en vie un produit dont elle attendait un gros profit. Pareille à n'importe quelle nourrice, elle vendait son lait, comme il n'y avait pas de biberon, elle allait au plus simple. On ne lui demandait pas de prendre le singe pour un enfant, son enfant. On ne lui demandait pas de le materner ni de jouer avec lui. Plus tard j'ai revu cette scène dans le film *Mondo Cane.* Vous l'avez vu ?

— Oui, une femme allaitait un cochon.

17

On se demande comment sur des routes perdues, dans des croisements incertains, poussent ces panneaux de signalisation, girouettes à dix bras, qui indiquent : Alger 3 700 km, Le Caire 3 300 km, Djibouti 3 200 km, Le Cap 4 200 km, Dakar 3 700 km, Paris 5 000 km… Ouregano 87 km.

— Vous avez vu ? interrogea Irène en se tournant vers l'arrière, nous ne sommes plus très loin. Ça vous rappelle quoi ? tenta-t-elle en approchant son portable de la bouche d'Éric.

— Surtout le terrain d'aviation, répondit-il.

Il y accompagnait parfois Mme Tong qui avait finalement remplacé le père dans la corvée du vaguemestre, devoirs d'Éric à envoyer, courrier à rapporter. La plupart du temps les corrections de l'enseignement à distance et une fois par mois la lettre que sa mère lui adressait personnellement en faisant abstraction de la présence du père à ses côtés comme s'il était seul à Petit-Baboua, comme s'il n'avait tenu qu'à lui de s'être exilé aux confins du Cameroun et de la Centrafrique. Comme si, à douze ans, il avait un jour annoncé au cours du déjeuner dominical : « J'ai décidé de poursuivre mes études par correspondance à Petit-Baboua. » Et qu'on lui eût répondu : « Quelle merveilleuse idée, mon chéri ! Petit-Baboua, c'est où ? Et tu pars quand ? Pour combien de temps ? Tu ne peux pas le savoir encore ? Tu verras sur place si ça te plaît. » Entre le gigot et la tarte aux pommes, la tablée aurait poursuivi : « Peut-on passer le baccalauréat à Petit-Baboua ? — Bien sûr », aurait déclaré son grand-père, inspecteur d'académie. L'Éducation nationale était bien organisée, elle pouvait envoyer les sujets d'examen dans un centre administratif et le candidat composait comme ses camarades en France. Il évoquerait la Nouvelle-Calédonie, les fuseaux horaires, les précautions pour que les sujets d'examen en les traversant ne fussent pas divulgués. « Mais il y a donc plusieurs sujets ! » se serait exclamé la grand-mère qui trouvait que l'on en faisait toujours trop pour l'outre-mer. Éric venait de finir sa cinquième et on lui brossait l'avenir d'un bac à Petit-Baboua dans cinq ans ! Il fallait avoir de la ressource ! « Tu sais, avec les cours par correspondance, tu pourras faire deux ans en un si tu te débrouilles bien. » Sa mère réduisait son exil volontaire à deux ans et demi, trois ans, juste la durée du séjour du père. « Il faut en profiter », avait appuyé la mère dont l'obsession était de gagner des années, de sauter des classes et de réduire à rien le temps que l'on perd ici avec les vacances.

Donc elle lui envoyait une lettre par mois qui tenait dans le format d'une carte-lettre qui se découpait selon le pointillé sur trois côtés et donnait à la missive le format d'une demi-page. Le souci qu'elle avait de lui tenait sur les trois premières lignes. Elle espérait qu'il se portait bien et que ses notes étaient bonnes. Ensuite elle passait au paragraphe suivant qui formait d'un seul tenant l'ensemble de la lettre. Il était invariablement question de la petite sœur dans une perspective scolaire. Elle excellait, elle était la coqueluche de ses professeurs et de ses camarades. « Elle est tellement populaire ! » soulignait la mère en commettant un anglicisme. Tableau d'honneur, pile de livres à la distribution des prix. Cheval, ski, danse classique, piano… et puis en bas quand l'écriture se réduit et qu'elle perd son alignement pour se resserrer dans un coin, une plainte sur le froid, la neige ou la pluie. Enfin, quand les considérations météorologiques en laissent encore la place, un je t'embrasse, je t'embrasse fort ou très fort.

Il n'en éprouvait ni déception ni chagrin. L'indifférence du père était contagieuse. Parfois un « ça va là-bas ? ». Parfois, plus ironique : « Alors tout va pour le mieux dans le meilleur des mondes ? »

Et puis Mme Tong était gentille. Pour preuve, la séance de cinéma à laquelle elle l'amena à Ouregano, sa première séance, même s'il se souvenait d'être allé à Lyon voir *Blanche-Neige* et *Bambi.* Un film avec une histoire contemporaine, de vrais acteurs. *Le pont de la rivière Kwaï* était sorti en 1957 mais il avait mis presque dix ans à arriver à Ouregano pour être projeté sur le mur de l'entrepôt d'Alexandrou qui se situait derrière la façade de sa boutique, entourée d'une clôture qui empêchait le tout-venant de profiter de l'aubaine. On payait sa place et on pouvait rester debout contre le grillage de la clôture, assis par terre à même le sol ou sur une chaise. Les meilleures places étant devant. Mme Tong avait pris deux chaises et ils étaient le nez sur l'écran.

Éric vécut en quelques heures tous les tourments et

toutes les impatiences de sa vie. L'attente de Mme Tong qui venait de son boui-boui. La crainte que, sortant de sa voiture, elle n'accrochât le père et le retînt dans une de ses longues et inaudibles discussions dans ce sabir qu'ils partageaient. Le passage du bac du Grand Gustav, toujours aléatoire, l'interminable route jusqu'à Oure-gano pour peu qu'un camion les empêchât de le doubler, peut-être une crevaison, c'était à l'époque le sort commun de tout ce qui se déplaçait sur des chambres à air. Un blessé qui attendait sur la route qu'on le transportât jusqu'à l'hôpital, la voiture particulière faisant à cette époque ambulance pour tous. Il rongeait son frein en voyant la nuit tomber car le cinéma n'avait qu'un horaire, celui des premières étoiles dans le ciel.

Ce fut la musique du *Pont de la rivière Kwaï* qui les accueillit à leur arrivée dans la ville, lui faisant craindre d'être en retard alors que cette musique baignait Oure-gano depuis un mois pour faire la réclame en attendant que les bandes fussent livrées. *La marche du colonel Bogey* repassa au moins cinq fois avant que la moindre image ne fût projetée sur l'écran, faisant monter la fièvre des spectateurs qui en sifflaient le refrain. Éric reconnut que les sons les plus forts et les plus justes venaient du haut des manguiers qui entouraient la place où des gamins s'étaient installés par grappes avec une hâte et une ferveur qui n'avaient rien à envier à ce qu'il éprouvait.

C'était l'histoire d'Asiatiques qui capturaient un groupe de soldats occidentaux. Ils les torturaient et leur faisaient construire le fameux pont que les soldats minaient en douce et qui explosait à la fin pour la plus grande gloire de David Niven. Il est sûr qu'Éric et Mme Tong se faisaient une idée différente de ce qu'ils regardaient, Mme Tong du point de vue de l'Asiatique et Éric dans le rôle de l'Occidental, par père interposé car c'est son père qu'il retrouvait dans David Niven, son humiliation et sa gloire, sa souffrance et son courage. Tout un pan de l'existence du médecin-capitaine Roman lui était révélé dans le détail d'une torture dont il avait la preuve dans les longues balafres qui sillonnaient son dos, la migraine qui ne le lâchait pas. Son humeur changeante, ses violences, comment ne pas les comprendre.

Mais pendant qu'Éric, emporté par la compassion, avait tendance à écarter sa chaise de celle de l'Asiatique perfide qu'incarnait peu ou prou Mme Tong, le public ne semblait pas partager sa répulsion. Grands rires et sifflets quand David Niven était enfermé dans sa cage de tôle, sifflets et applaudissements quand il était menacé de chicotte, hurlements de joie quand il tombait évanoui. Éric ne se rappelait pas en quelle langue le film était projeté. Si c'était en anglais sous-titré, seule une infime partie du public pouvait avoir accès aux dialogues, le reste de la foule se faisait une opinion à travers les mimiques coléreuses de l'Asiatique et la retenue douloureuse de l'Anglais. Que dire de ceux qui étaient dans les arbres et de tous les autres qui, restés dehors assis en cercles concentriques, ne recevaient du film que le bruit et la lumière, le feu d'artifice de l'explosion comme le noir brutal suivi de cris de consternation quand la pellicule cassait. *Le pont de la rivière Kwaï* se rompit trois fois, ce qui conduisit le projectionniste à repasser trois fois la bande-son pour le plus grand bonheur des spectateurs de tous rangs et de toutes classes, ceux qui voyaient et ceux qui ne voyaient pas, surtout ceux-là que la musique réanimait.

Hello, le soleil brille, brille, brille
Hello, tu reviendras bientôt
Là-bas dans ton village
Aux verts cottages
Pleins de chants d'oiseaux.

— Encore une marche, dit Éric en s'adressant à Irène, encore la nostalgie du retour. L'éternel retour.

— Je me demande, dit-il en s'adressant à Ben, si *Le pont de la rivière Kwaï* et l'euphorie que musique et film ont suscitée sur plusieurs années n'ont pas facilité l'accueil des Chinois dans le secteur.

Irène, intéressée, écoutait. Ben sourit :

— Vous voulez dire qu'une bataille de cinéma leur aura épargné une guerre ?

— Oui, si j'en juge par ce qui m'est arrivé. Je n'ai pas tellement eu d'occasions aussi saisissantes de me confronter à la réalité à travers le cinéma. Si, peut-être, avec *Ben-Hur*, et là ce sont les lépreux dans leur fosse qui m'ont frappé, tristes et gris, loqueteux, rien à voir avec leur apparition revendicatrice presque agressive dans la léproserie de Petit-Baboua, mais aux uns comme aux autres, par peur de la contagion on lançait la nourriture et ils la ramassaient à terre… Assez troublant quand même, pour que je ne me précipite pas au cinéma pour recevoir des révélations majeures et me faire expliquer sur l'écran ce que je ne comprends pas dans la vie. Les deux fois, j'ai vomi après la séance.

— C'est au sens propre une projection…, remarqua Ben.

— Peut-être ai-je imaginé la vie de mon père et l'ai-je

recomposée d'après David Niven. Après tout je ne sais rien de lui. Il n'a jamais parlé, juste exprimé des colères, de la violence, une angoisse continue, une dépression profonde.

— Vous ne l'avez jamais interrogé ? demanda Irène.

Éric haussa les épaules. C'était impossible.

— Je n'aurais jamais osé. Il ne l'aurait pas toléré.

— Mais plus tard, en faisant des recherches ?

Il fallait qu'elle comprît qu'une chape de plomb, de silence et d'oubli s'était abattue sur le médecin-capitaine Roman. Il n'existait plus pour sa femme, sa fille, ses beaux-parents. De son côté, il n'avait plus de famille. Éric avait assisté, si l'on peut dire, à la disparition du dernier témoin, sa mère. Pour couronner le tout, il avait perdu son pays, ce qui n'est pas si banal. Et perdant son pays, son histoire, sa vie.

— Vous n'irez pas un jour en Algérie ? demanda Ben.

— Pourquoi ? Pour rencontrer dans des lieux où je ne suis jamais allé des étrangers ? Et comme seule adresse, dans un cimetière introuvable une tombe où repose une inconnue et sur laquelle personne n'aura pris la peine de mettre un nom ?

18

Les deux 4 × 4 s'étaient garés l'un derrière l'autre dans la cour de la Chefferie de région. Les passagers étaient sortis, Éric et Ben accompagnés du Major et de son Second avaient pris la direction du marché. Pour fermer la voiture, Goodluck n'attendait plus qu'Irène, toujours penchée sur son téléphone.

— C'est étrange, dit-elle en levant les yeux sur Karim qui lui tenait la portière, je ne trouve pas Ouregano sur Google Maps.

— Ouregano, dit le gendarme en riant, vous y êtes !

Et comprenant qu'elle voulait peut-être se situer plus précisément, il donna une version animée du panneau indicateur qui l'avait surprise quelques kilomètres plus tôt. Il montra d'un bras le nord vers Maroua, presque le Nigeria ; de l'autre le sud vers Yokadouma, en direction du Congo, et puis, du menton, à l'est la Centrafrique, Bangui, et un peu plus haut Petit-Baboua où ils se dirigeaient. Les deux pieds collés au sol :

— Vous êtes au centre !

— Oui, mais..., dit Irène en manipulant son téléphone.

— Nous sommes dans une zone blanche, expliqua Karim. Si vous avez besoin de communication, vous pouvez utiliser dans le 4×4 de commande notre réseau satellite, il est crypté.

— Oh merci ! dit Irène soulagée de ne pas errer dans une ville fantôme.

— Vous n'avez pas quelque chose pour cacher vos jambes ? demanda Karim.

Devant l'incompréhension d'Irène, il expliqua qu'ici les femmes se voilaient. Elle chercha dans son sac un foulard et le noua autour de ses hanches, comme un paréo.

— C'est un peu court, remarqua Karim. On va s'arrêter au marché pour vous acheter un pagne et un voile.

Le silence d'Irène était un consentement.

Précédés par Goodluck, ils pressèrent le pas pour rattraper les autres qui avaient pris de l'avance. Les voiles noirs mettaient une ombre sur les couleurs vives du marché. Irène regrettait de passer si vite devant les petites vendeuses qui proposaient sur une natte le contenu d'une calebasse ou d'un seau, des paquets d'herbes, des poissons vivants qui s'agitaient dans une bassine sous une serpillière humide. D'un coup d'œil, elle se rendit compte que la hiérarchie dans le placement se faisait de bas en haut, du sol aux marches d'un marché couvert qui protégeait des échoppes. En hauteur, assises sur des chaises de plastique devant un étal recouvert de toile cirée, les commerçantes les plus prospères proposaient des beignets qu'elles jetaient dans la friture. Entre les vendeurs passaient les colporteurs et les porteurs d'eau ou de jus dans de petites glacières d'aggloméré. Ils s'arrêtèrent dans une des boutiques de brodeurs et de couturiers qui bordaient le marché.

Empaquetée dans son pagne raide d'apprêt, entortillée dans son voile de nylon, Irène retrouva Éric, Ben et les deux gendarmes qui examinaient une boutique de guérisseur : fioles, herbes sèches, morceaux de bois et dans un panier des griffes, des dents, des écailles, des plumes. Éric recueillit un petit os noir :

— Ce serait une queue de pangolin que ça ne m'étonnerait pas, dit-il en riant.

Il reposa le truc et entra dans un échange animé avec le guérisseur qui lui mettait entre les mains des sachets de poudre qu'il examinait en les palpant et en les reniflant. Ben photographiait.

Irène étouffait dans cette foule compacte. Leur présence, tous groupés à regarder les restes du pangolin ou d'autre chose et quelques lézards flottant dans des liquides ambrés, attira les mendiants, rebuts de léproseries ou fétus de polio et beaucoup d'enfants assez agressifs qui les prirent en chasse, se moquant d'eux en étirant leurs yeux avec leurs doigts. Ben photographiait.

— Ils nous prennent pour des Chinois, dit-il.

— Ici tous les étrangers sont chinois, expliqua le Major, ils n'ont pas eu l'occasion d'en rencontrer d'autres et ils n'ont pas connu les Européens de la colonisation.

Les générations s'étaient renouvelées si vite qu'elles avaient effacé le passé.

Éric demanda ce qu'on foutait là. Il était en nage.

— On est sur les traces de votre enfance, rappela Irène. Vous êtes bien venu à Ouregano ?

— Je vous l'ai dit, je n'y ai été que de passage. Je suis comme eux, dit Éric, je ne me souviens de rien.

— Eh bien, en attendant Achille, on va aller déjeuner, proposa le Major – et s'adressant à Goodluck : Il doit nous rejoindre chez Tang, non ?

Goodluck acquiesça de la tête avec quelque chose de retenu et d'emprunté que personne ne remarqua mais qui alerta le Major qui le prit à part.

— Qu'est-ce qui se passe ? Il devait bien nous prendre en charge pour passer de l'autre côté, aller jusqu'à Petit-Baboua. Une séance de photos et retour ici avant la nuit.

— Oui, mais le bac n'a pas exécuté ses vacations du matin.

— Bien sûr, tu ne peux pas le joindre, dit le Major, il n'y a personne à Petit-Baboua avec un téléphone ?

Goodluck, dépité, faisait non de la tête.

— Vous êtes envahis par les Chinois, on vous propose des portables à tous les coins de rue et vous ne pouvez joindre personne !

Question de satellites. Ils avaient les téléphones mais pas le réseau. Les gendarmes avaient le réseau mais de l'autre côté les téléphones restaient muets.

S'adressant au groupe, le Major proposa :

— On attend encore un peu – et regardant sa montre : En réduisant le temps que l'on doit passer à Petit-Baboua, si on prend le bac en début d'après-midi, ça peut encore le faire.

Derrière eux, comme pris par un coup de vent annonçant une tempête, le marché se repliait à toute allure. On baissait les rideaux de fer, les marchandes emballaient leurs invendus, les porteurs embarquaient le tout au pas de course, et ce fut sur la place désertée un méli-mélo de scooters, vélos et chars à bras qui débarrassaient le plancher.

— Ce sont des rapides, constata le Major, avec eux ça ne lambine pas.

— Puisqu'il n'y a plus rien à voir ici, je vais en profiter pour visiter la ville coloniale, dit Ben. Il faut que j'habille le reportage.

— On n'est pas à Petit-Baboua, fit remarquer Irène. À quoi sert de publier des photos qui ne seraient pas prises sur place ? Cela équivaut à arnaquer le lecteur qui attend la réalité d'un texte et la vérité des photos.

— On n'est pas à Petit-Baboua, dit-il en s'adressant à Irène, on est à Ouregano. Depuis que j'en entends parler !

— Ce patelin !

— La capitale du Lom et de la Kaddeï ! L'Histoire est passée à Ouregano, reprit Ben, elle a laissé des traces, un récit.

S'il le disait…

— Il fait chaud, dit Éric en se dirigeant vers un des deux 4×4 pour s'abriter du soleil et mettre la climatisation à fond.

— Vous, vous avez toujours chaud, lui reprocha-t-elle, en lui emboîtant le pas.

— Ce n'est pas bien d'avoir chaud ? C'est colonialiste de suer ? grogna Éric. Vous vous êtes vue sous votre tchador ! Vous dégoulinez.

Le Major décida de ne prendre qu'une voiture, celle vers laquelle se dirigeait Éric. Avec Irène et Ben, ils feraient le tour de l'agglomération et chercheraient pour le photographe les meilleurs points de vue. Avec le 4×4 de commandement, le Second, Goodluck et Karim pousseraient jusqu'au Grand Gustav pour voir ce qui se tramait là-bas et réquisitionner le bac s'il le fallait.

Le Major se mit au volant, Ben Ritter s'assit devant près de lui, photos obligent. Éric et Irène s'installèrent à l'arrière.

— C'est parti pour un tour, maugréa Éric.

De la voiture, de la voiture, pensait Irène, de la poussière et des conversations de mecs.

19

La ville administrative avait tenu. Sur les quatre collines d'Ouregano se dressaient ces architectures massives qui témoignaient de la puissance des anciennes colonies, de l'allemande à la française : le palais du gouvernement, siège de l'administration et de la justice, l'église, l'école et l'hôpital. Toutes ces constructions faites pour durer comme le palais-hôtel du gouverneur de l'AOF où ils avaient passé la nuit avaient – coup de peinture sur coup de peinture – résisté au temps en arrondissant leurs angles. En contrebas, sur le plateau traversé par les rivières, le village coutumier, lui, avait disparu ou plutôt il s'était transformé au fil du temps, des pluies, des feux de brousse et des épidémies. La vie était toujours là mais fluctuante. Les cases s'éloignaient ou se rapprochaient des rivières au rythme de la crainte et de l'oubli, des épidémies et des vaccinations, de la résignation et des malédictions anciennes ou de la foi dans des médicaments nouveaux. La simulie, cette petite mouche noire à la piqûre si douloureuse, avait la vie dure. Le village avait dansé devant les rivières, loin, près, très près, très loin.

Les brûlis des jardins dessinaient le patchwork de l'abondance et de l'épuisement.

— Quelle arrogance ! s'écria Irène devant le palais du gouvernement où la voiture s'était arrêtée.

— Quoi ? demanda Ben en sortant derrière le Major qui était allé annoncer leur visite.

— ... Que des palais romains le front audacieux, plaisanta Éric.

Excédée, Irène attaqua sur la colonisation. On ne pouvait lui trouver aucune justification, ni historique en arguant que le monde entier avait été colonisateur – pourquoi dans ces conditions alors ne pas justifier l'esclavage au nom du même principe ? – ni humanitaire parce qu'elle aurait été plus protectrice des populations, une puissance moralement injuste ne pouvait pas réparer sur le terrain le vice de forme initial. La colonisation était à l'exemple de ce que subissaient encore les femmes, un paternalisme odieux qui réduisait les colonisés à un état de dépendance infantile. Et oui, elle préférait l'attitude des Chinois maintenant à celle des Français hier.

Devant la virulence de son admonestation, son côté inapproprié, car il ne voyait pas en quoi une citation de du Bellay pouvait réveiller tant de feu sous la cendre, Éric pensait à une autre journaliste, une très jeune femme aussi, qui interrogeait dans sa cellule un condamné à mort qui allait être exécuté le lendemain. Il s'agissait d'une personnalité proche du chah qu'elle sommait de s'expliquer sur les horreurs du régime, un double procès en somme pour une double condamnation.

D'ordinaire, lorsqu'on l'entreprenait sur le colonialisme, Éric bottait en touche. Il n'avait connu, lui, que la coopération. On lui répliquait alors que la période, derrière des hommes de paille africains, avait fonctionné sur les mêmes principes. Quand son interlocuteur insistait encore, il répondait qu'il ne voyait pas de colonisation dans un centre médical exclusivement au service des malades d'un territoire. Si le même interlocuteur lui faisait remarquer que la personne qui était à la tête de ce réseau médical qui comportait plusieurs soignants noirs était un Blanc, médecin militaire de surcroît, rescapé des guerres coloniales, les préventions qu'il avait contre ce père et qui tenait, au moins en surface, à des éléments autres que l'exercice de son pouvoir hospitalier, tombait brusquement.

Il revoyait la vie harassante du médecin-capitaine Roman, de garde vingt-quatre heures sur vingt-quatre, sept jours sur sept, prêt pour n'importe quelle urgence individuelle ou collective. Il s'escrimait sur tout le corps, ouvrait un ventre, coupait une jambe, extrayait un enfant, recousait un périnée, ponctionnait un foie. Quand Irène insinuait qu'il était coupable d'être le fils de ce père-là, la justicière s'exprimait comme le médecin-capitaine Roman lui-même quand il lui reprochait de vivre, quand dans ses bouffées délirantes et haineuses il lui disait : « tu es un salaud », « tu te goinfres et ils n'ont pas à manger ; tu dors sous un toit et ils n'ont rien ; tu t'instruis et ils ne le pourront jamais ». Coupable, oui, et pas seulement d'être le fils de cet homme-là, mais coupable d'être blanc, coupable d'être un bourgeois, coupable d'être un adolescent, coupable de ne servir à rien… Des gens comme lui ne pourraient jamais être rééduqués, il fallait les arracher de la terre et avorter les femmes susceptibles de porter leurs embryons.

La fille n'allait pas assez loin. Ses idées n'étaient que celles du moment qui, en remontant vaguement jusqu'aux révolutions russe et chinoise, passaient encore sous silence les Khmers rouges et les Black Panthers. Le père, lui, avait été rééduqué par les Viêts : « Si dans un tas de blessés je devais choisir qui sauver en premier – avait-il proféré pour le mettre en garde contre l'illusion qu'il aurait pu avoir de la moindre pitié –, ce ne serait pas toi. Si je devais faire le tri, tu serais le dernier. » Sa justice était plus rigoureuse que celle qui s'appliquait aux autres, il en était fier.

Le principe d'une justice personnelle plus exigeante que celle instituée pour tous avait séduit et convaincu Éric. Il exécrait la complaisance que les êtres déploient pour leur propre compte si ce n'est celle, infinie, qu'ils imaginent pour leurs rejetons : l'adoration des mères pour leurs assassins de fils, l'absolution pleine et entière des familles pour leurs délinquants d'enfants, les manœuvres des plus engagés pour, contournant la règle, obtenir le bon lycée et le meilleur hôpital. Dans la vie courante, il avait attrapé au passage dans la bouche d'un garçon de café parisien une expression libidineuse : « Faites-vous plaisir ! Un petit dessert ? Faites-vous plaisir ! » À partir du moment où l'on règle sa conduite sur son propre plaisir, petit ou grand, il n'y a plus de justice.

Il voyait alors dans cette prise de position tout ce qu'elle devait à son père. Le « en prison pour médiocrité » n'était pas loin. Il ressentait une véritable douleur à fonctionner sur les principes qui l'avaient fait souffrir. Il éprouvait aussi un profond chagrin, en voulant faire le procès du médecin-capitaine Roman, de se révéler son avocat passionné. Il n'avait pu vivre qu'en oubliant ce père. Il n'avait pas négocié. Du souvenir, il ne gardait rien, même pas les deux ou trois événements incompressibles qui l'expliquaient. Il était persuadé et convainquait facilement son entourage qu'il n'était le fils que de ses œuvres. D'où sa réputation de mégalomanie. «Je» était au début et au centre de tout. «Je», cette intelligence aiguisée, ce pouvoir de concentration hors norme et ce diagnostic des choses de ce monde qui lui faisaient appréhender les événements au-delà de l'apparence. Le sentiment écrasant de son être l'empêchait d'en faire remonter le mérite jusqu'à sa mère, professeur assez conventionnelle dont les désirs ne passaient pas ses droits et ses devoirs et encore moins à son père qu'il avait vu se débattre entre une volonté d'héroïsme et le ressentiment de n'être consacré ni par des honneurs ni par des médailles.

Que pouvait comprendre Irène ? Elle était encore une petite fille. À force d'étirer l'enfance elle se retrouvait enfant à presque trente ans, âge fatidique où, autrefois, les femmes avaient fait le tour de l'aventure de la féminité en cochant toutes les cases, de la menstruation à la maternité, et sauvées des menaces qui pèsent sur l'espèce s'adonnaient à la quiétude raisonnable des survivantes. Il n'y a pas si longtemps que les obstétriciens recommandaient encore à leurs patientes de procréer avant trente ans. Irène en était loin. Après les études, la carrière, les années s'empileraient sur cette juvénilité qui se cabosserait sous les coups du métier, dans l'obsession de sa réussite, cherchant une reconnaissance qui dépendrait des modes et de sa façon d'y correspondre. Car elle ne survivrait que dans et par le goût de ses lecteurs. La signature d'Irène sur les huit pages de l'article qu'elle lui consacrerait faisait partie d'un plan de carrière qui la conduirait à écrire comme les stars du journalisme des portraits pleine page dans *Le Monde*, une quatrième de *Libération* dont on louerait la finesse psychologique et le style. Un jour un livre entre femmes, à plusieurs reportères de guerre, et bien sûr un roman...

Il imaginait son enfance à travers celle de la petite sœur à Lyon dont on avait ôté toutes les excoriations laissées par le père et effacé toutes les taches de son existence à lui comme des sources de contaminations susceptibles de gâcher l'harmonie d'une destinée dans laquelle on avait éliminé les accidents, pour qu'il ne se passât rien de grave ou de choquant. Il imaginait la ville de province cossue, la chambre confortable, les amitiés nouées dès l'enfance, le meilleur lycée, le séjour linguistique en Angleterre, le camp américain, un échange australien, la khâgne, car chez ces gens-là on ne perd pas son temps à l'université. Un échec douloureux, il est vrai, au concours d'archiviste. Mais tout de suite et haut la main l'école de journalisme. S'entendre dire qu'on est excellente tous les jours par les profs et par les parents. Un éveil politique de gauche qui plaît à papa et un féminisme militant qui plaît à maman. Restait cette émotivité combattante...

— Tout est bouclé, annonça Ben qui revenait en compagnie du Major.

— Pas un chat. Tout le monde est à l'enterrement.

— Pas un enterrement avec un petit *e*, précisa Ben. Le Grand Enterrement avec des majuscules, des milliers de gens et des pleurs pendant trois jours.

— Qu'est-ce qu'on fait ? demanda Irène. On va à l'hôpital ?

— L'hôpital n'existe plus, lui répondit le Major. C'est devenu un QG chinois.

— Ah bon, dit-elle comme s'il s'agissait d'une simple réaffectation. Qu'est-ce qui nous reste, l'école ?

— Mais je ne suis jamais allé à l'école, protesta Éric – et mettant le point final à la balade : On file chez Tang.

— Où est-ce ? demanda Irène.

— En haut du marché, dans le quartier des épidémies…

Irène n'en croyait pas ses oreilles. Il se fout de moi, il me fait marcher. Et puis, devant le panneau Trypano qui indiquait la route, l'idée d'une colonisation par les maladies qui aurait succédé aux colonisations par les États fit son chemin. Ils ont gagné, se dit-elle, l'Afrique n'apparaîtra plus que dans un noso-atlas. Comme Ebola, les épidémies prendront le nom des rivières. Elle regarda Éric : le voilà le grand explorateur des temps nouveaux.

20

Avec qui est-ce que je voyage, se demandait Éric en observant Irène qui le regardait les paupières plissées par la lumière, sa petite bouteille d'eau à la main, les cheveux collés par la sueur sous son voile noir. Avec une victime des hommes qui découvrirait en miroir un pays victime du même pouvoir masculin, de ses principes, de sa façon d'être, d'agir, de s'imposer. Et qui, pleine d'empathie pour le combat des femmes, prendrait aussi fait et cause pour celui des anciens colonisés. L'accompagnait-elle en se bouchant le nez comme lorsqu'on soulève le couvercle d'une mixture nauséabonde ? Cachait-elle sous sa minceur la structure de fer d'une juge prête à instruire son procès ? *Si ce n'est toi, c'est donc ton frère. / Je n'en ai point. / C'est donc quelqu'un des tiens.*

Ou était-elle seulement une journaliste scrupuleuse attentive à vérifier les faits, à les remettre dans une perspective chronologique que son discours pulsionnel arraché aux brumes de la mémoire ne satisfaisait pas ? Elle devait le suspecter de vouloir cacher quelque chose ou d'inventer des histoires bizarres à seule fin de la désarçonner. Elle était trop jeune pour s'être personnellement confrontée aux aléas de la mémoire qui n'ont que faire des calendriers, des agendas, avalent les années, digèrent les événements majeurs et reviennent, insistants, sur un épisode anodin comme la scène du *Voyage sentimental* par laquelle avait commencé leur entretien et dont il n'arrivait pas à se débarrasser tant elle contenait les tenants et les aboutissants de ce voyage au cœur d'une Afrique fantôme.

Comment lui expliquer qu'il n'effectuait cette plongée en lui-même qu'à contrecœur, ce qui en remontait n'apparaissait que par effraction au hasard des images. Pis qu'un territoire interdit, il s'aventurait dans un monde passé sous le silence d'un demi-siècle. Comble du déni, il avait ressenti cette époque comme apaisée et sa violence comme digérée. Il pouvait se réjouir de s'en être rendu maître sans le secours de psys dont avec amusement il mettait en doute l'utilité voire les compétences, faisant valoir les incohérences des uns, la loufoquerie des autres, comme cet ami qui ne pouvait dormir qu'avec son chat enroulé autour de sa tête ! ou cet autre qui était un vieux camarade dont il était toujours proche qui épousait la même femme tous les six ans, un modèle corse dont le prototype se trouvait à l'origine dans sa propre mère, une infirmière corse aux cheveux de jais qui, éternelle icône, elle, ne bougeait pas ! Encore n'était-ce que des exemples personnels. Sur Freud, sur Lacan, il avait une opinion plus que réservée. Ne l'intéressaient que les théories de l'ethnopsychiatrie parce qu'il s'en était approché à Petit-Baboua et avait assisté, enfant, chez les Gbayas, à des cérémonies de désenvoûtement. Quand on voit une personne paralysée se redresser sous l'injonction d'une magicienne, danser en tourbillonnant et, la bouche fermée, chanter d'une voix venue du ventre, on ne peut que se sentir écrasé par les forces qui s'expriment.

Pour Irène, il rapiéçait ses souvenirs. Mais pouvait-il se rappeler leur date précise ou même l'âge exact qu'il avait au moment du déroulement des événements qu'il évoquait ? Il voyait bien que la notification de douze ou treize ans, peut-être treize et demi, l'agaçait. Fallait-il ajouter que leur vie en Afrique avait annihilé les saisons et que le temps ne connaissait pas les structures qui ordonnancent un monde judéo-chrétien très axé sur les fêtes, lui-même mis en coupe réglée par l'organisation de la semaine ou du mois, le tout enveloppé par l'aménagement de l'année scolaire en trimestres ou en semestres ? Ici tout avait disparu, l'année se distribuait entre la saison des pluies et la saison sèche. La journée entre le jour lumineux dès l'aurore et la nuit brutale qui confisquait la fin de l'après-midi. Les arbres gardaient leurs feuilles et donnaient des fruits toute l'année. La semaine n'était marquée ni par le jeudi ni par le dimanche qui avaient disparu alors que la notion de week-end n'était pas encore advenue. L'idée des vacances petites ou grandes avait été abolie, remplacée par l'espoir de longs congés futurs qui les réuniraient quand le séjour de trois ans aurait été effectué. Tout l'emploi du temps d'Éric se décalquait sur celui de son père qui ne tenait compte que de la lumière que nécessitaient ses occupations médicales ou chirurgicales. Il ne se souvenait pas d'un horaire dévolu aux repas qui ne dépendaient que de l'activité hospitalière du médecin-capitaine Roman. Éric devait se tenir prêt.

Irène se rendait-elle compte qu'il était comme ces amnésiques que l'on persuade qu'ils ont vécu dans tel endroit, avec telle personne? que les gens qui s'agitent autour de lui font partie de sa famille? qu'il aime cette femme qu'il n'a jamais vue? Irène désignait les lieux, comme on montre des photos pour preuve. Cette visite d'Ouregano était absurde, celle de Petit-Baboua le serait tout autant. Elle lui présentait un modèle de vie qu'il n'avait pas pu vivre et qu'elle avait inventé, si désireuse de vérité qu'elle pût être, sur un schéma courant qui n'avait jamais été le sien car elle ne pouvait l'imaginer. Elle voulait le faire entrer dans le cadre du *Grand Magazine.*

Pourquoi répondre à ses questions? Elle n'était pas son genre. Il avait évité toute sa vie internes, étudiantes, attachées, médecins ou chercheuses, les femmes du type auquel il rattachait la journaliste, les bien-pensantes, les bornées, les arc-boutées sur leurs principes, les étroites d'esprit, les maussades, les fielleuses. Il aimait les gentilles, les compatissantes, les généreuses, les gaies, les joyeuses, les marrantes, les bosseuses et même les gueulardes, celles qui ne faisaient pas d'histoires et surtout n'en écrivaient pas.

Les femmes l'agaçaient, notamment quand elles se dressaient contre lui, s'opposaient ou mettaient en doute sa parole de prophète. Deux catégories l'insupportaient, les très jeunes comme la fille, journalistes ou communicantes qui voulaient le diriger, et les plus âgées, médecins, professeures concurrentes, qui lui portaient la contradiction, jouaient d'une séduction surannée et dont l'ego enivré par leur réussite de femme dans un univers masculin gommait l'empathie naturelle à leur sexe. Elles ne s'en rendaient pas compte mais parfois une femme, c'est un homme en pire!

Pendant ses années d'études il s'était surtout intéressé aux élèves infirmières, plus jolies et plus nombreuses que les étudiantes en médecine, mieux dans leur peau, plus enclines à faire le bonheur d'un homme que des étudiantes qui laissent sur le carreau les dix plus belles années de leur vie. Les types avaient raison de fantasmer sur les infirmières et pas seulement parce qu'ils les imaginaient charnelles et disponibles sous leurs blouses, mais parce qu'elles étaient plus en phase avec leur sexe, les deux pieds dans le concret. Il épousa Nina.

21

Il se reprochait de ne pas avoir demandé à Nina de l'accompagner, elle savait tout ou presque tout de son enfance. Auprès d'elle, il s'était peu à peu délivré de cette ambiguïté d'avoir détesté son père, d'avoir sans cesse agi contre lui dans le seul but de le vaincre, mais aussi de l'avoir plaint et admiré. Maintenant qu'il n'était plus là, il n'avait plus d'adversaire et s'il n'avait été sur sa lancée, ses découvertes découlant les unes des autres, il n'aurait plus rien entrepris. Il était dans la queue de la comète, glorifié pour ce qu'il avait été, mais éteint. Il récoltait les lauriers d'une gloire qui n'aurait existé qu'en face d'un père qui la lui aurait déniée.

Le prix Nobel, il aurait dû le recevoir il y a vingt ans. Dans la chambre du Val-de-Grâce où son père s'éteignait, cela aurait eu du sens. Maintenant c'était du réchauffé, il s'en foutait. Il avait même espéré secrètement que l'Académie se prît une fois de plus les pieds dans le tapis et décidât que son temps n'était pas encore venu. Le scandale qui en aurait découlé l'aurait revigoré car de même qu'il y eut une Princesse du peuple, il était le Nobel du peuple. Comme l'avait titré *Libération*: « Ce n'est pas Éric

Roman qui a besoin du Nobel mais le Nobel qui a besoin d'Éric Roman. »

Si Nina avait été là, elle aurait parlé à la fille. « Irène, quel joli prénom ! » Elle aurait tout de suite installé une complicité de femmes pour éviter ce qui s'était passé avec la rédactrice en chef du *Grand Magazine*, à l'époque simple journaliste quand elle était venue en Amérique l'interviewer sur le Nobel volé. Le prix était allé à l'équipe française, déclassant son laboratoire américain. Seul en face d'elle, mis en confiance par cette attitude absurde mais classique de livrer tout ce qu'on ne veut pas dire à celui dont le métier est de divulguer les secrets, il avait laissé libre cours à sa déception avec ses mots à lui, traitant les Français de branquignols. Et la journaliste n'avait rien trouvé de mieux que de mettre en gros titre : *UNE ÉQUIPE DE BRANQUIGNOLS* : « C'est ainsi que le professeur Roman désigne les lauréats de notre prix Nobel. » Elle insistait sur son ressentiment vis-à-vis des chercheurs français, sur son amertume d'avoir vu s'échapper la fameuse consécration.

Nina était la traductrice naturelle de tout ce qui s'emmêlait en lui de souvenirs, de colères, de peurs mais aussi de puissance, d'intelligence. Elle aurait fait comprendre à la fille qu'en l'espace de deux ans, entre sa douzième et sa quatorzième année, il avait fait ses classes de collège et sa seconde. Qu'il avait réécrit *L'île au trésor* en anglais, appris le gbaya et avait été initié à des rituels secrets. Qu'il avait pratiqué l'anatomie en assistant à des autopsies. Que, grâce à son professeur de sciences naturelles, il s'était intéressé à titre d'exercice pratique à une filaire endogène spécifique aux rivières tropicales, celle-là même dont une protéine des glaires lui valait aujourd'hui le Nobel. Que jeune homme, pour gagner son argent de poche, il était devenu garçon de salle, infirmier pour se payer ses études, et d'infirmier médecin. Oui, après, sa carrière avait été exceptionnelle : ni virologiste, ni épidémiologiste, ni praticien ! Où Irène était-elle allée chercher tout ça ? Éric était au-dessus de ces catégories. Il était transversal, d'où sa position unique dans un monde scientifique fractionné. Il fallait qu'elle sût comment fonctionnait la recherche aux États-Unis et particulièrement dans ce monde d'avant-garde de Wichita. Nina n'aurait pu le faire comprendre à Irène qu'en comparant Éric à ces astrophysiciens qui sont en contact avec des univers si extraordinaires qu'ils n'en peuvent traduire l'approche que par la poésie. Derrière les microscopes géants, Éric observait des trous noirs, des galaxies et des myriades d'étoiles prises dans des mouvements d'une telle complexité qu'en abordant le futur il traversait le passé. Et si la question de la vie se posait encore dans les étoiles, elle s'offrait telle quelle dans le plus petit des plus petits univers. « Les hommes ont cherché Dieu dans le ciel, Éric l'a trouvé, là, sous le microscope dans une histoire phénoménale de la vie. » Qu'Irène n'ait aucun doute là-dessus, il n'y avait pas plus bosseur, plus curieux, plus observateur et plus imaginatif. Les découvertes ne viennent pas d'un parti pris, mais d'une ouverture d'esprit qui les provoque. Éric avait inventé sa vie, il était normal qu'il inventât le reste.

Son côté rugueux ? Il cachait un cœur d'or. Il n'était pas un ours mal léché comme Irène le voyait mais un nounours que les femmes adoraient, un grand type chaleureux, enveloppant, humain. Sa misogynie ? C'était bien la première fois que Nina en entendait parler. Misogyne, lui ! elles lui couraient toutes après. Qu'est-ce qu'elle croyait ! Impénétrable dans ses réponses ? Impossible de faire un résumé en dix minutes de cinquante ans de recherches. Ce n'était pas un vulgarisateur mais un grand savant. Et puis la médecine est si complexe, si évolutive. Un livre de médecine se démode en trois mois. Et se désignant : voyez, moi, je ne comprends pas tout et puis ce n'est pas qu'une science, c'est un art. Cela lui fait-il plaisir d'avoir le Nobel ? Je ne sais pas, regardez-le.

Nina avait une façon si naturelle de le mettre en valeur, de dire tout ce qu'il ne pouvait pas dire de peur d'alimenter la réputation de mégalomane et de paranoïaque que lui avait faite la rédac chef avec son misérable article qui avait monté contre lui les Français. Elle ne disait pas seulement la vérité, elle la faisait accepter. « Nounours » l'embêtait. Elle y allait un peu fort dans la niaiserie. Il ne se sentait ni ours ni nounours. Mais elle n'était pas là et il devait affronter seul l'hostilité de la fille qu'il ne se résolvait pas à désigner par son prénom, expliquer à cette suspicieuse les règles des publications scientifiques, comme s'il avait inventé les milliers d'articles qu'on lui prêtait. « Alors vous ne les avez pas tous écrits ! » Bien sûr que non, elle ne s'imaginait pas qu'il en écrivait deux par jour. « Alors ? » Eh bien, son nom validait les recherches des autres. « Donc… » Il fallait qu'elle arrête, il ne lui perfuserait pas son expérience en deux jours. Puisqu'elle ne pouvait le comprendre, il fallait qu'elle le croie. Quant aux souvenirs, au refoulé, tout ce qu'il revivait aujourd'hui à l'âge où il l'avait vécu hier, c'était encore trop flou pour qu'il puisse y poser des mots. Juste le chagrin, la peur, la perdition et la « résilience », encore un mot qu'affectionnait Nina ! Cette façon qu'il avait eue de desserrer l'étreinte, d'ouvrir la prison et de s'évader dans une Afrique, la même que celle qui fuyait devant l'auto.

L'Afrique ? Regarde toi-même. Tu ne vois rien ? Parce que tu n'es rien. Ou plutôt parce que ce que tu vois ne correspond pas aux images que tu trimballes. Pauvreté ? Où ça ? Luxuriance ? Où ça ? Non, tu vois une simple route dans une végétation que tu n'identifies pas entre deux nuages de poussière rouge que les Range Rover soulèvent.

— Et toi, Ben, qu'est-ce que tu vois ?

Le photographe rit :

— Des Chinois.

22

Nina avait été cette compagne idéale, entièrement dévouée à son bien-être, cette mère de substitution et de continuation qui lui faisait défaut depuis que la sienne l'avait laissé seul la nuit avec un inconnu douloureux et cachectique qui l'avait frappé pour reprendre le pouvoir sur sa famille. Elle était restée à Lyon dans le grand appartement de ses parents sur les quais de la Saône. Il y a des gens qui tiennent plus à leur appartement ou à leur quartier qu'à leur pays, sa mère était de ceux-là. De plus elle avait obtenu d'enseigner dans le bon lycée et elle ne pouvait laisser une place si convoitée pour une vie précaire dans un coin d'Afrique qu'elle n'identifiait pas, auprès d'un homme qu'elle n'aimait plus. Son argumentaire tenait au fait que pour satisfaire son esprit d'aventure et de gloriole, il l'avait abandonnée et qu'elle n'avait survécu qu'avec l'appui de ses parents et son goût des concours. En gage, elle lui laissait leur fils mais gardait leur fille. La petite sœur était son trésor de guerre, elle la mettait à l'abri dans le grand appartement et dans le bon établissement tout en lui parlant anglais comme elle l'avait fait avec Éric. Mais autant qu'il le sût, la petite sœur n'avait jamais réécrit *L'île au trésor*! La vie parfaite ne s'y prête pas.

Comment un lien peut-il se briser entre une mère et son fils et ne pas se créer entre un frère et sa sœur? Ce fut la dérive des continents. Ils appartenaient à deux mondes inconciliables. Après les trois années passées à Petit-Baboua, Éric se mit à errer dans l'appartement lyonnais où pourtant il avait vécu ses premières années comme dans un monde étranger dont il avait perdu les codes et dont la langue servait à cacher ce que l'on ne pouvait pas dire, or rien n'était dicible. Devant les fenêtres face à la Saône, de lourds doubles rideaux cachaient la rivière. Les lampes qui avaient remplacé la lumière du jour brillaient sous des abat-jour qui en feutraient l'intensité. La baignoire se remplissait à déborder d'eau tiède et le réfrigérateur recelait une masse de nourriture qu'il ne savait pas identifier. Mais il n'y avait aucun mot pour expliquer la rencontre comme la séparation de ses parents. Aucun mot pour expliquer sa présence aux bridgeurs qui s'installaient le jeudi après-midi dans le salon autour de quatre tables et pour lesquels un goûter était dressé et servi dans la salle à manger par une bonne en robe noire et tablier blanc. Ce fut très simple, sa mère le prit entre quatre yeux. Elle n'avait jamais dit à ses nouveaux amis qu'elle avait un fils aîné, non qu'elle en eût honte, mais cela ne s'était pas trouvé. Maintenant ce serait du réchauffé et il faudrait raconter l'Afrique où elle n'était pas allée, le père dont elle était séparée sans en être divorcée, « toute la mélasse », conclut-elle. Éric n'en fut pas blessé, le point de vue de sa mère était défendable.

— Alors? demanda-t-il.

— Alors tu me vouvoies et tu me dis Madame. Le plus simple étant que tu ne te montres pas.

Comment en arrive-t-on à ne plus rien ressentir pour une personne qui a tout été pour vous ?

Un jour, il la surprit au piano, elle jouait la fin de *La Tempête*, ce galop rageur, emporté, presque désespéré. Les larmes lui montèrent aux yeux sans qu'il sût si c'était la musique dont il avait été privé toutes ces années qui les provoquait ou si sa mère réapparaissait, puissante, douée, excellente dans tout ce qu'elle entreprenait, justifiant l'amour qu'il avait eu pour elle et qui restait comme un trésor caché. Non, ce n'était pas une bourgeoise égoïste et dure mais une grande artiste, indéfectiblement liée à son piano. Elle conduisait sa vie alors que son père se faisait déborder par la sienne.

Éric comprit qu'il n'était là que le temps de réparer les accidents du séjour africain. Il y avait fort à faire pour le désinfecter de tout ce que son corps nourrissait de miasmes, virus, bactéries et filaires, un manuel de maladies infectieuses à lui seul qui conforta la mère dans sa décision de n'être pas allée vivre là-bas pour menacer aussi l'intégrité de sa petite fille, cette chérie ! Tellement malade que le trou dans la tête, surnommé l'accident de chasse, devint secondaire. On l'oublia et il se répara selon la nature qui n'est pas très douée dans la chirurgie plastique.

Côté intellect, il pouvait prétendre à entrer en terminale scientifique. Après vérifications, il fit une apparition dans le bon lycée, étonna ses professeurs et fut mal reçu par les élèves plus âgés mais plus petits que lui qui tentèrent de l'intimider. Éric improvisa un art martial inconnu de ceux qui pratiquaient escrime et judo.

Il tournait sur lui-même en toupie en utilisant bras et jambes avec au bout ses énormes paluches et ses grands pieds qui frappaient tout ce qui se présentait. Il fut exclu et continua de s'enseigner lui-même dans un état moins exalté qu'il ne l'avait fait en Afrique. Il s'inscrivit en candidat libre au premier bac qui se présentait. Ce fut celui de philosophie. Il l'eut de justesse. Cette faille dans son CV n'avait pas manqué d'intriguer à double titre Irène, par la matière qui n'augurait pas d'une grande carrière médicale, par le manque de mention qui montrait qu'il dominait moins la question qu'il semblait l'insinuer.

Il revit son père en tremblant. Le médecin-capitaine Roman portait un blouson de cuir, il avait démissionné de l'armée et se recyclait dans le civil comme commercial chez Rank Xeros, une boîte qui vendait des machines à écrire.

— Mort d'un commis voyageur, dit-il à Éric en évoquant son avenir. Et toi ?

— Médecine, dit Éric qui avait pris le dessus.

— Médecine, tu parles, maugréa le père sans que l'on sût si ce qu'il mettait en doute était qu'Éric devînt médecin ou la médecine elle-même.

Ils ne se revirent qu'au Val-de-Grâce, ce bel hôpital au nom providentiel, quand son père y fut hospitalisé à la fin de sa vie. Éric se rappelait deux scènes.

La première, au début, quand il était entré dans la chambre, choc de voir le père vieilli, rétréci, amaigri, amoindri. Avant le moindre mot, le père avait tendu le bras, l'arrêtant de la main pour qu'il n'approchât pas : « Je ne veux pas m'émouvoir. » Ce père qui l'avait fait trembler toute sa vie ne lui faisait plus peur. Débarrassé d'un poids dont il n'avait jamais mesuré à quel point il l'avait écrasé, dans le couloir il crut s'envoler d'allégresse. Il n'avait plus peur.

La seconde, à la fin, quand les spécialistes des nombreux cancers dont le père souffrait s'étaient réunis autour de lui pour discuter des différents protocoles à suivre. Sarcastique, le père avait demandé : « Y a-t-il un médecin parmi vous ? » Il mettait en doute qu'un seul de ces spécialistes pût retrouver les gestes et le raisonnement d'un médecin compatissant et sensé, qui eût décidé de mettre fin à ce calvaire prolongé par ses médications savantes. Éric aurait pu s'avancer et revendiquer d'être ce médecin-là. Il ne le fit pas et sortit dans la vague des spécialistes qui refluaient. Au milieu d'eux, les mains dans les poches de la blouse blanche qu'ils lui avaient prêtée, silencieux comme eux qui voyaient qu'il n'y avait plus rien à faire. Son rôle s'arrêtait là.

23

Le Major gara le 4×4 devant chez Tang. Ben fit remarquer à Éric que le nom d'Alexandrou transparaissait en rouge délavé sous les caractères noirs et brillants de Tang & Co. Il s'agissait bien de l'ancien magasin où Mme Tong faisait ses emplettes, gros, demi-gros et détail, l'entrepôt dont le mur avait servi d'écran au *Pont de la rivière Kwaï.*

Ben se dépêcha de photographier la façade que le soleil, en ce début d'après-midi, éclairait de biais. Il aimait fixer les formes qui fondent et se diluent sous les couches de peinture et les écritures qui s'effacent sous la lumière crue pour réapparaître dans la transparence d'un palimpseste. Faire la guerre à l'oubli. Chercher le passé dans un monde qui l'ignore et n'en voit pas les traces.

— Oh ! dit Éric, à quelques siècles et monuments près, nous faisons pareil.

— Quand même, répondit le photographe, on prend conscience de l'accélération du temps, pour deux générations chez nous il y en a quatre ici. Nous sommes condamnés à la vieillesse donc à la mémoire, alors qu'eux…

Curieux ces voyages où l'on part du réel pour aller vers un inconnu qui se révèle de plus en plus irréel, a contrario du voyage imaginaire qui part d'un présent inconnu pour revenir vers un passé éprouvé et vécu. Et pourtant Éric ressentait l'inverse. Il n'y avait pas plus tangible, expliqua-t-il à Ben Ritter, que l'avion, les présidents, la haie d'honneur, le congrès de la rupture des amitiés séculaires. Mais sitôt le 4×4 lancé sur la route qui devait le conduire dans les lieux où il avait vécu, une impression d'irréalité le submergea, à la mesure peut-être de la volonté qu'il mettait à reconnaître des lieux, à retrouver des impressions.

— C'est le principe d'Alice, dit Ben, plus on tombe, moins on contrôle, plus on s'enfonce, plus ça devient fou.

— C'est celui de la psychanalyse, dit Éric, le patient vient consulter pour des symptômes réels, aborde son histoire par un événement concret et puis s'emmêle les pinceaux. En voulant clarifier sa situation, il perd pied et disparaît dans le tourbillon.

— On entre adulte et on finit enfant, dans un cauchemar d'enfant.

— Non, dans la réalité d'un enfant que l'on a persuadé qu'il l'imaginait.

— Alors, dit Irène, je ne recueillerai rien de votre enfance ?

— Rien que vous ne pourrez écrire pour les lecteurs du *Grand Magazine*, mais vous aurez approché la vérité. À vous de la traduire.

— Vous me demandez de parler deux langues sans correspondances. Votre histoire d'autopsie est intraduisible, votre histoire de lépreux aussi. On est dans un monde où l'on peut tout montrer, presque tout dire, mais pas tout écrire.

— Qu'est-ce que ça peut vous faire? demanda Éric. Si ma vie est si insupportable à vos lecteurs ou à votre rédactrice en chef, inventez-la.

— Mais je ne fais que ça! dit Irène, je vous invente depuis le début.

— Vous le faites à la façon d'un enquêteur de police qui tourne autour de deux ou trois indices dont il voudrait faire des preuves.

— Il faut quand même un minimum de repères, dit Irène, autrement, on devient fou.

— Mais on est tous fous!

La folie, voilà la grande théorie d'Éric, la folie comme moteur de toute forme d'action. Il ne pensait pas seulement aux criminels, aux tueurs en série mais à chaque acteur de la vie quotidienne, ceux qui se lèvent le matin et ressentent du bonheur en faisant couler leur café. Il fallait être fou pour devenir président de la République, fou pour passer sa vie à photographier des grands singes, fou pour embrasser un métier où la vie est sans cesse mise dans la balance, fou pour faire surgir de l'infiniment petit des mondes qui contiennent des univers.

— Et vous, vous vous rendez compte à quel point vous êtes folle? demanda-t-il à Irène en souriant.

Elle éclata de rire.

— Moins que vous, lui répondit-elle du tac au tac.

— Ce n'est pas difficile, répliqua Éric – son sourire était très doux.

Au fil du voyage, au fur et à mesure que l'armure d'Éric se fissurait, Irène voyait apparaître les signes d'un mal de vivre que la réputation, les titres et les reconnaissances resserraient dans une boule compacte de retenue. Elle faisait face à un grand blessé de l'existence. Pas de pitié, se disait-elle pour s'encourager, rester vigilante mais pas au point de détester son sujet et de se transformer en procureur. Les lecteurs aimaient Éric, ils achèteraient *Le Grand Magazine* sur la foi de cette trogne de clown, pas pour sa signature. Son nom à elle, elle pouvait faire confiance à la Vieille, paraîtrait en minuscules, bien en dessous de celui de Ben Ritter, dont, de plus en plus, les photos géantes envahiraient les trois quarts de l'article. À part ses parents qui se précipiteraient pour en acheter dix exemplaires, il n'était pas sûr que qui que ce fût la découvre et que l'article marque le début d'une carrière de journaliste, voire d'une simple reconnaissance dans le milieu.

Elle allait donc écrire dans le sens de l'opinion, apporter de l'eau au moulin des aficionados d'Éric Roman. La Vieille l'avait prévenue, les lecteurs ne veulent être informés que sur ce qu'ils croient connaître. D'une certaine façon, lire c'est toujours se relire pour conforter sa propre opinion. Avec quelques années d'expérience en plus, Irène ne se serait pas donné le mal de fouiller les archives, de croiser les informations, de regarder toutes ces vidéos où le verbe haut, l'œil fuyant, Éric Roman affirmait tout et son contraire. Avec une constante dans tout ce verbiage, la référence à l'Afrique originelle et surtout au père dont il se présentait comme l'héritier dans le domaine des maladies infectieuses étudiées sur le terrain ! Sur le continent qui se distribuait originellement entre désert, savane et forêt il plaquait la carte des grandes endémies où les maladies tropicales paraissaient en surimpression sur les richesses passées. Le choléra, le sida, la trypanosomiase avaient recouvert le cacao, le caoutchouc, l'or et les diamants.

Elle s'apprêtait à écrire ce qu'il lui racontait, le laissant se servir d'elle pour rêver son histoire. Elle ne ferait aucune investigation autour du fameux médecin-capitaine Paul Roman, sa carrière avortée, ses liens avec l'Algérie, cette mère morte là-bas et ce spahi dont Paul s'était emparé du nom pour se venger de n'en être pas reconnu.

Le Second, Karim et Goodluck les avaient enfin rejoints, il était temps, déjà un bon moment qu'ils faisaient le pied de grue devant la porte du restaurant qu'un serveur ouvrait de temps en temps, lâchant une bouffée d'air frais, pour savoir s'ils avaient vraiment l'intention de déjeuner.

— Alors ? demanda le Major.

Effectivement, la ville s'était vidée en quelques heures et le bac avait été pris d'assaut pour conduire la population sur la rive opposée où avait lieu l'enterrement d'un chef rebelle assassiné.

— Un Fils de la forêt, précisa Karim.

— Quésaco ? demanda Éric.

— Nous sommes à la limite de la ligne rouge, expliqua Karim. Boko Haram impacte le nord, le conflit centrafricain s'enlise à l'est. Les Fils de la forêt appartiennent à un groupe rebelle dissident mais hostile à l'État.

— Vous me foutez la trouille, dit Ben.

— Qui l'a tué ? demanda Éric.

— Voilà la bonne question, fit Karim l'air songeur – puis à l'adresse du Second : Il faut enlever tous les fanions des 4×4.

— Si vous le souhaitez, dit le Major en s'adressant à Éric, on peut rebrousser chemin et revenir à l'aéroport. On peut aussi attendre. Le père de Goodluck nous assure un bac ce soir au Grand Gustav pour rejoindre Petit-Baboua dans la nuit et on nous envoie un hélico demain pour le retour.

— Le président s'inquiète, dit Karim, mais c'est sans risque.

Éric interrogea Irène du regard.

— On reste, dit-elle.

— On reste, dit Éric. En attendant on va se climatiser un peu, manger et boire, surtout boire, j'ai la pépie !

Il montrait la porte du restaurant. Ils s'engouffrèrent dans une salle vide.

— Éléphante ou Tigre ? demanda Éric en prenant la carte.

— Chez Tang, on boit de la Tigre, décida Ben.

— Qui veut de la viande ?

Des yeux, ils cherchèrent le mouton.

On s'habitue à tout, pensa Irène, et le plus fort c'est qu'on s'y habitue très vite. Elle se trouvait attablée avec des mecs qui buvaient de la bière en se racontant leurs batailles perdues.

24

— Je suis né, dit Éric, le 7 mai 1954.

— Le jour de Diên Biên Phu ! releva le Major.

Irène regardait tour à tour Éric, Ben, les gendarmes et le chauffeur.

— Une bataille de cinquante-six jours, énonça le Major sur un ton métallique comme s'il rendait au garde-à-vous, doigt sur la couture du pantalon, l'effrayant rapport d'une bataille perdue dont le temps n'avait pas adouci la légende en faisant de ses victimes des héros.

Diên Biên Phu, malgré Geneviève de Galard, ce n'était ni Camerone ni Puebla. Elle restait une défaite à tous les niveaux : mensonge politique, corruption locale, tactique militaire dépassée, manque d'anticipation, de connaissances, de jugement. Un système obsolète qui allait comme un jeu de domino entraîner l'effondrement d'un empire. Éric était né au soir d'une défaite qui d'écho en écho allait se répercuter sur sa vie.

— Le général Navarre finit la pacification du sud, continua le Major, gestes à l'appui, en regardant Irène, il sauve le centre et porte ses coups au nord pour y attirer le corps de bataille viêt-minh. Il mise sur une cuvette entourée de collines, comme ici, « une forteresse facile à défendre ». Neuf points d'appui aux noms de femmes.

— Gabrielle, Béatrice, Éliane, Isabelle, Huguette, Claudine, Anne-Marie et deux fois Dominique. Toute une époque, dit Ben rêveur.

— Les combats se livrent sous la pluie, de la flotte jusqu'au ventre, reprend le Major. Des avions qui fendent le brouillard pour larguer au petit bonheur la chance des parachutistes qui sautent dans la nuit et dans la boue. Le destin de la bataille est plié, il n'y a plus de munitions, ils sautent pour l'honneur.

— Avez-vous entendu Navarre quand il arrête les combats ? demanda Éric.

Dans ces propos d'outre-tombe crachotés dans une radio militaire, Navarre reconnaissait la défaite avec un timbre voilé par l'émotion. La voix d'un général qui abandonne ses troupes, la voix d'une nation qui sacrifie ses fils.

Éric se mit à imiter le ton de Navarre. Il soulignait la lassitude des mots qui coulent de la bouche, il en marquait les silences :

— *Cessez les combats...* silence... *pas de drapeau blanc...* silence... *Oui, d'accord...* silence... *mon vieux...* silence... *Faites au mieux.*

« Rien de plus, dit Éric au Major. En Europe les politiques reprennent la main et la conférence de Genève règle ce qu'il y a à régler. À l'autre bout du monde, dix mille prisonniers rejoignent les camps de concentration. Ce que les archives ne disent pas parce qu'il n'y a pas de micro et que personne ne sera là pour en témoigner, c'est ce qui se passa dans le bunker Isabelle entre le médecin et ses blessés.

Le médecin aspirant Paul Roman, qui s'était porté volontaire et avait sauté la veille, avait-il encore les moyens d'opérer ? Comment soulagea-t-il les mourants ? Comment les rescapés furent-ils pris en charge par les vainqueurs qui avaient submergé le camp ? Les conventions de Genève furent-elles appliquées ou au contraire les vainqueurs firent-ils le ménage en zigouillant ceux qui respiraient encore, ou plus sereinement abandonnèrent-ils ceux qui étaient trop faibles ou trop blessés ? Les laissèrent-ils sur place mourir seuls de faim, de soif, de douleur, de désespoir, quand on enleva le médecin aspirant qui pouvait toujours servir ?

— Les histoires de défaite nous poursuivent, continua Éric, car il n'existe pas de cérémonies de consolation. La consolation, il faut la trouver en soi-même. Et la meilleure des consolations, c'est de devenir fou.

Les familles avaient été priées de venir chercher ces carcasses mutilées et ces esprits définitivement blessés qui se mettraient à haïr leurs propres enfants. Il aurait mieux valu récupérer un cercueil.

— Je suis une séquelle de la guerre, dit Éric en s'adressant les yeux dans les yeux à Irène, pas un pupille de la Nation que le pays adopte et honore, simplement ce bâillon de tissu que sur les champs de bataille on glisse entre les dents du blessé pour l'empêcher de hurler.

Et il se mit à chantonner :

Quand un soldat s'en va t'en guerre, il a
dans sa musette, son bâton d'maréchal
Quand un soldat revient de guerre il a
dans sa musette un peu de linge sale…

Et à pleine voix, le refrain pour entraîner la troupe :

Partir pour mourir un peu
à la guerre à la guerre
C'est un drôle de petit jeu
Qui n'va guère aux amoureux...

— Paroles et musique de Francis Lemarque, interprété en 53 par Yves Montand, précisa Ben à l'intention des gendarmes émus et déconcertés qui découvraient la chanson.

Et il continua :

Des hommes il en faut toujours
Car la guerre car la guerre
se fout des serments d'amour
Elle n'aime que l'son du tambour.

C'est en regardant *La 317*[e] *section* qu'Éric reconnut dans le visage de Perrin celui de son père en Indochine. Le visage d'un jeune homme effrayé et harassé, un visage en noir et blanc comme sur les photos d'actualités qui montraient la colonne des soldats prisonniers du Viêt-minh passant sous les arcs de triomphe de leurs vainqueurs. Où les avait-il vues ces images de propagande ? Pas en France en tout cas. Une nation est comme une grande famille qui enlève de ses albums les individus qui ont failli et qui laisse près d'une gerbe de fleurs une mariée esseulée dont on a coupé la main qui tenait le bras d'un époux exfiltré pour divorce. Où sont les photos des rapatriés d'Algérie sur le bateau qui tenta d'accoster à Marseille et qui fut renvoyé à Port-Vendres, ces rapatriés auxquels, comme il le déclara fièrement dans son journal, Defferre refusa un verre d'eau ?

La main dans la main de sa mère, il avait attendu sur le quai d'un port ce père qu'il ne connaissait pas. Le vent soulevait un pan de son petit manteau gris et sa mère, droite et désolée, guettait celui qu'elle avait peur de ne plus aimer. On débarqua d'abord les grands blessés, ceux qu'on portait sur une civière et dont un bras levé disait qu'ils étaient vivants. Il fallut attendre les maigres, les hâves, les cachectiques, ceux qui portaient sur le dos un sac en bâche kaki, pour découvrir le père qui n'avait pas fait un geste vers eux pour attirer leur attention. Ils ne se retrouvèrent qu'après que tous les autres se furent enlacés et embrassés. Se reconnaître de ne pas s'être reconnus. Un homme debout devant une femme debout, un homme qui ne sait que faire de cette femme qui ne sait que faire de cet homme qui l'a quittée pour se battre au soir d'une défaite alors qu'elle allait donner la vie. Énigme épouvantable pour un enfant car ce n'était pas à lui de présenter son père à sa mère pour les réunir et les réconcilier. Alors il tourna le dos à l'inconnu et demanda à être pris dans les bras de sa mère, mesurant le gouffre qui allait les séparer. Ce n'était pas un enfant qui retrouvait son père, mais un enfant qu'on venait de séparer de sa mère. Cette nuit-là, seul dans une chambre inconnue, lorsque dans une prise de conscience désespérée il appela douloureusement, tragiquement sa mère pour la savoir encore là, près de lui, c'est son père qui ouvrit la porte. Il le frappa pour la première fois.

Il avait mis longtemps à comprendre qu'il avait fabriqué ses souvenirs avec des photos de *Paris Match* et des films d'actualités. Il n'arrivait toujours pas à croire, tant les images étaient vivantes, qu'il n'avait pas été cet enfant qui attend, la main dans la main de sa mère, le retour des prisonniers… Son histoire était plus compliquée. Ce n'est pas en France que le médecin aspirant Paul Roman était revenu après sa captivité pour retrouver sa femme et son fils mais en Algérie auprès de sa mère. Pour lui pas de convalescence, il basculait d'une guerre dans l'autre. Toute la malédiction du passé se répandait sur l'avenir. Ce qui était advenu là-bas se reproduirait ici.

Pour comprendre ou seulement se situer dans l'histoire de cet homme et de cette femme, Éric dut réaligner les cartes, faire correspondre lieux et dates pour arriver à la conclusion qu'il avait recomposé ses souvenirs et qu'il ne pouvait pas être cet enfant attendant son père sur le quai d'un port. Seule la scène de l'homme nu surgissant en pleine nuit dans la chambre inconnue pour le battre était vraie.

25

Plus tard, beaucoup plus tard, il se dit que ce n'était pas lui, Éric, treize ans, classe de seconde A, latin, grec, mathématiques, que le père avait battu à mort dans un coin de la terrasse mais un ennemi invisible. Peut-être le Viêt qui l'avait torturé et humilié. Peut-être ce spahi qui ne l'avait pas reconnu, abandonnant sa mère à son destin de fille-mère. Peut-être ses beaux-parents, bourgeois lyonnais qui lui avaient donné leur fille avec condescendance et reprise dès qu'ils l'avaient pu, orchestrant la séparation. Peut-être la France qui lui avait servi un rêve de gloire et d'honneur et qui, n'allant jamais au bout des combats engagés, passait la main à des politiciens qui l'obligeaient à plier le drapeau. Défaite de l'Indochine, défaite de l'Algérie et maintenant décolonisation. Vive de Gaulle !

Peut-être le chagrin du deuil, car la nuit de la punition s'était déroulée juste après la nouvelle de la mort de la mère de Paul Roman, devenu enfin médecin-capitaine. Simple lettre d'un voisin qui était parvenue à l'adresse de l'épouse qui portait toujours son nom, à Lyon, et qu'elle avait fait suivre en écrivant sur l'enveloppe, comme on annote une copie : « Hôpital de Petit-Baboua, aux bons soins de la Direction de la Santé, Centrafrique ». Sa mère était morte depuis trois semaines et enterrée dans un coin du cimetière d'Oran où il ne pourrait jamais repérer la tombe, si tombe il y avait. Le chagrin de n'avoir passé avec elle que trois jours juste avant son départ en Afrique. De l'avoir laissée seule dans un rez-de-chaussée de la rue d'Arzeu, proie de l'Algérie algérienne et surtout d'un cancer de l'intestin qui se manifestait déjà par des occlusions répétées dont les résolutions étaient chaque fois une victoire sur la douleur qui la faisait crier. Chagrin d'avoir, en voulant être léger, minimisé le cancer et le sort de cette laissée-pour-compte. De l'avoir abandonnée, de ne pas l'avoir ramenée avec lui et confiée, elle, qui ne valait rien, à l'hôpital du Val-de-Grâce comme pour les grands de ce monde. Il l'avait laissée pourrir là-bas. Pendant les trois jours qu'il lui avait accordés, il n'avait pensé qu'à lui, s'efforçant de recueillir quelques parcelles d'un bonheur imaginaire dont il voulait se persuader qu'il avait ensoleillé son enfance : une promenade à Santa Cruz, un dernier bain de mer, de la semoule frite dans une assiette décorée d'olives noires, un échange ironique où il lui avait tiré son dernier rire et où il avait englouti ses dernières forces, celles qu'il eût pu mettre au service du sauvetage de cette mère.

Éric revoyait la scène : son père debout qui ouvre fébrilement en la déchirant une enveloppe inconnue. Et puis ce râle, ce sanglot dans la gorge et la lettre qui reste au bout de la main qui tombe sur la cuisse. Le dernier lien avec l'Algérie était rompu et avec lui le dernier fil avec la normalité, les sentiments ordinaires. Il n'était que rage et amertume. Il ne reconnaissait pas son fils ou du moins le reconnaissait comme le représentant de tout ce qu'il exécrait au monde, il le tenait pour responsable de la mort de sa mère !

Le médecin-capitaine Roman savait qu'il ne reviendrait jamais là-bas. Disparus avec sa mère tous les souvenirs plaisants ainsi que la profonde admiration et la pitié qu'elle lui avait inspirées. Une mère qui meurt, et c'est tout ce qu'elle a insufflé qui part avec elle et qu'on ne retrouvera jamais. Les filles lavent les tombes et mettent des fleurs mais le cœur des fils se heurte dès qu'ils la voient à la pierre. Ils ne peuvent s'en approcher. Le cœur du médecin-capitaine se tenait éloigné d'un cimetière inconnu, d'un pays nouveau auquel la mer servait de frontière. Pour en achever la rupture, il laissait revenir l'image du spahi qui en plus de battre sa femme comme il fouettait ses chevaux menaçait de le faire entrer chez les enfants de troupe. Le jour de ses dix-sept ans, Paul Roman était parti sans tambour ni trompette à Lyon où il avait été reçu major à l'École de santé coloniale.

— Faut-il pour se raconter faire la tournée des ancêtres ? demanda Éric à Irène. Expliquer pourquoi une jeune Espagnole tombe amoureuse d'un militaire à cape rouge. Aller chercher du côté de l'émigration espagnole, de l'engagement des spahis dans la conquête de l'Algérie. Pourquoi ne pas alors enquêter sur l'inspecteur d'académie qui comme tous les hauts fonctionnaires de l'époque avait fait allégeance à Pétain, à son épouse qui se targuait d'avoir porté pendant la guerre une ceinture de daim ornée des étoiles du maréchalat. Elle déclarait, dans sa vie, n'avoir jamais rencontré de juifs. « Des juifs à Lyon, pendant la guerre ? Où ça ? » Comment leur fille unique s'était-elle éprise du fils unique de la fille-mère.

Comment le mariage n'avait tenu que le temps que le jeune médecin se porte volontaire pour le sacrifice. Le sacrifice, encore le sacrifice.

Pas d'héritage, décida Nina à l'extinction de la parentèle lyonnaise lorsque la petite sœur, se présentant en héritière de la mémoire familiale, commença de revendiquer la primauté sur les biens et de les faire estimer. Pas d'appartement, pas de maison de campagne, pas de piano, pas de Pléiade ni de Deutsche Grammophon, pas d'argent. Pas de manteau d'astrakan ni de foulards Hermès qui étaient une insulte à la malheureuse d'Oran. Renoncer à l'héritage, c'est devenir soi et uniquement soi. Du côté algérien, l'histoire avait tragiquement liquidé la succession, il fallait faire table rase du côté lyonnais pour recouvrer son entière liberté.

— Pourquoi se préoccuper des héritages, dit Éric en s'adressant à Irène, alors que l'on est en soi un héritage, un héritage détaché de celui qui vous l'a légué, un héritage dont on est souvent inconscient. Dire que certains se fâchent pour ne pas avoir reçu un objet particulier sans se rendre compte qu'ils sont, par eux-mêmes, des objets vivants autrement rares et précieux car uniques.

Éric ne se débarrasserait jamais de son père parce qu'il avait les mains de son père, les grandes mains des types de presque un mètre quatre-vingt-dix. Peu à peu son regard avait remonté le long des bras et était allé au visage. Dans le miroir il eut l'impression floue de reconnaître son visage et fut envahi par le sentiment qu'il ne l'aimait pas. C'est à cette époque qu'il renonça à se raser pour limiter le choc et la longueur de la rencontre quotidienne. Il se demandait comment avec les mêmes traits son père avait pu être beau et lui si laid. Peut-être cela ne tenait-il qu'à la façon de se regarder dans le miroir déformé de l'autre. Peut-être la détestation que son père avait de lui venait-elle aussi de son propre miroir. Il n'avait pas aimé y retrouver le reflet de l'enfant qu'il accablait d'injures, de l'adolescent qu'il avait mis face au cadavre d'une jeune morte pour lui découvrir le corps des femmes. Face à face, il avait craché son mépris au jeune homme qui prétendait devenir médecin : Toi ! Médecin !

En cas de trouble ou de colère, les formules du père revenaient. Avant même qu'il y pense, elles étaient dans sa bouche, sous sa langue, exactement comme il les avait entendues. Ce qu'on n'a pas digéré, il faut le vomir. Cela allait de la plus ordinaire des injures à des formules plus alambiquées comme cet « en prison, en prison pour médiocrité » que le père affirmait tenir de Montherlant.

Le garçon hyperdoué fut menacé de prison tout au long du séjour à Petit-Baboua, peut-être pour la radicalité de la formule et le plaisir que le père avait de la prononcer. Ce n'est pas un slogan que l'on peut jeter facilement autour de soi. Éric qui récrivait *L'île au trésor* pour former un livre qu'il lirait alors en tournant les pages, et non plus dans l'effort du ligne à ligne qu'il faisait en forçant sa mémoire, fut persuadé de sa médiocrité.

Ben était fasciné par ce qu'Éric arrivait à dire à la journaliste mais il n'en était pas étonné. Pour avoir assisté à beaucoup d'interviews, il savait qu'à un moment le sujet le plus averti cédait et accablait son interviewer d'un flot de détails intimes comme si ce qui devait être publié pouvait rester entre eux. Dans ce cul-de-sac d'Ouregano, Éric confiait à Irène ces informations comme s'il souhaitait qu'en quelques pages elle les mît en ordre pour l'aider à trouver le sens de sa vie en commençant par le début. Et la journaliste qui avait craint que son sujet ne la snobe ou élude ses questions se trouvait ensevelie sous une masse d'informations dont l'impudeur l'accablait. Elle tournait autour d'un père pied-noir engagé dans des guerres coloniales et se trouvait encombrée d'un inspecteur d'académie pétainiste, un hors-sujet dont *Le Grand Magazine* n'avait rien à faire.

26

En fin d'après-midi, ils arrivèrent en vue du bac, à cet endroit où les rivières se jettent dans le fleuve, la frontière naturelle entre les deux pays, une étendue d'eau large comme la mer. Ce n'était qu'un petit appontement de ciment crevassé, hérissé de structures de fer rouillées. On voyait aux enfoncements et aux sillons profonds de la rive que des camions avaient labourée que toute la journée les véhicules s'étaient croisés et recroisés dans une intense activité. Il n'y avait une fois de plus qu'à attendre. Éric s'assit sur un bloc de béton qui s'était détaché du ponton. Il contemplait l'eau aussi opaque et sombre que celle du matin sur le fleuve, devant l'hôtel sous une autre chaleur. Non plus la chaleur sèche du soleil qui perçait la brume du fleuve et qui se diffusait dans la lumière brûlante, mais une chaleur épaisse nourrie de terre, d'eau et de sueur qui remontait vers le ciel et brouillait la couleur des nuages.

— Vous allez encore me parler des traces de la colonisation allemande, dit Irène, avec une légère provocation, le menton en avant.

— Vous avez tout faux, répondit Éric. Le grand Gustav

est un crocodile. Mais il n'est pas exclu que le nom lui ait été donné par les Allemands ou que les indigènes l'aient emprunté à un boche particulièrement féroce pour en qualifier le crocodile sans toutefois, et c'était important, oublier de lui adjoindre l'article qui en faisait un personnage unique et l'adjectif qui le distinguerait à jamais de tous les Gustav. Il était Dieu et animal. Plus fort que les hommes. Un monstre.

Il s'agissait d'un crocodile géant qui se tenait gueule ouverte au croisement des rivières, ravageur et protecteur des rives. Pas un animal n'y venait boire, pas un pêcheur n'y lançait ses filets, pas une femme n'y lavait son linge, il avait fait le désert jusqu'au jour où des chasseurs avaient voulu lui faire la peau, mais les balles de leurs carabines rebondissaient sur sa carapace d'airain. Ils étaient revenus effrayés par son invincibilité. Au fur et à mesure des battues organisées pour l'attraper ou le tuer, la taille s'amplifiait. Il n'avait plus trois ou quatre mètres comme les premiers témoins l'attestaient mais vingt ou quarante, sa gueule seule sortie de l'eau avait la hauteur d'une proue de pirogue de cérémonie.

— On a fini par l'avoir ? demanda Irène.

— Il a disparu. À mon époque il n'existait déjà plus que dans la mythologie de l'endroit. Je suppose que pour les Gbayas, il avait toujours été le gardien du fleuve. Ils s'en étaient fait un garde-frontière autrement efficace que des hommes en armes, des vedettes rapides ou des fils électriques. Il a dû disparaître au moment où l'on a tracé le parcours du bac, à l'endroit le plus étroit de la rencontre des rivières, dans le coin le moins agité du courant, quand on s'est mis à discuter avec l'eau, à lui faire des offrandes. Le nom est resté, le crocodile a disparu.

Le ciel rougeoyant de chaleur se reflétait sur les rivières confondues qui semblaient charroyer un sang épais et sombre. Très loin à l'horizon, l'eau se souleva et une silhouette anguleuse et lourde portée par l'écume des vagues qui giclait se dirigea droit sur eux. L'énorme crocodile grossissait en se rapprochant. Un instant, Irène se vit face à Gustav. Elle n'eut pas peur. En quelques minutes le bac fut sur eux avec ses grumiers, ses chauffeurs et ses passeurs et la vision d'Irène s'effaça dans le spectacle de la réalité plus extraordinaire encore des grands arbres dont le feuillage vivant traînait dans l'eau.

Elle recula et se mit près d'Éric à l'abri du charroi de l'arrivée, avec le grincement des chaînes, la mise en route des camions, le crachotement des moteurs, l'enlisement des roues. Elle observait toute cette activité qui demande des muscles, des pelles, des efforts, de l'énergie, des cris et de la bonne humeur. Un petit homme en costume et cravate coiffé d'un Stetson tomba dans les bras de Goodluck.

— Mon père, présenta fièrement le chauffeur.

— Cher docteur, dit le petit homme en commençant un discours, ou dois-je dire Professeur ? C'est un honneur. Un grand honneur, un honneur immense…

Il fut interrompu par les gendarmes.

— Tout va bien ?

— Oh, cet enterrement qui a failli tout mettre à l'eau ! Il y en a pour trois jours au moins. Le Père, le Fils et le Saint-Esprit.

Il se signa.

Ils furent occupés par leur propre chargement, les 4×4, l'un derrière l'autre, patinaient sur le petit appontement de bois qu'on avait disposé sur la boue pour faciliter l'accès au pont de planches épaisses. Et soudain la nuit, nuit de l'eau, nuit du ciel dans laquelle les étincelles envoyées par le moteur à explosion du bac lançaient un feu d'artifice péteux, la parade d'un cirque de campagne qui les éblouissait. Irène se tenait près d'Éric appuyé au bastingage, une barre de fer. Et dans les trois temps du moteur, le bruit de l'eau qui se jetait sur le ponton, ils essayaient de se parler.

Ça n'a pas changé, se dit Éric, le même bac, la même nuit, le même bruit, la même odeur comme si tous ses sens se remettaient en route et, faisant jaillir des souvenirs de plus de cinquante ans, leur donnaient une réalité tangible.

— Vous sentez? demanda-t-il à Irène en plissant le nez.

— Quoi? répondit-elle.

Elle ne partageait pas ses souvenirs, elle ne pouvait pas les reconnaître, y trouver cette odeur particulière qui était liée à l'Afrique, à Mme Tong, au *Pont de la rivière Kwaï*. Elle ne sentait que les odeurs de l'eau et de la vase que dominaient celles du fuel et de l'huile du moteur.

Et justement le moteur s'enraya, le bac renâcla, un moment qui parut long à Irène, un obstacle l'empêchait d'avancer.

— C'est le tourbillon, expliqua Éric, à l'endroit où les rivières se livrent leur dernière lutte pour savoir qui va avoir le dessus. Rassurez-vous, continua-t-il, c'est toujours le fleuve qui gagne et qui emporte les rivières à la mer.

Et effectivement le moteur se calma et le bac se remit à glisser vers une rive où l'appontement était signalé par une guirlande d'ampoules multicolores qui renforçait cette impression de cirque minable qu'éprouvait

Éric depuis le début de la traversée. « Ô Gelsomina, pauvre enfant perdue », il débarquait avec dans la tête la musique de *La strada*, celle d'un orphéon ancien et nostalgique qui lui donnait le sourire et lui mettait les larmes aux yeux.

27

Sur la cinquantaine de kilomètres qui séparaient le bac de Petit-Baboua, ils doublèrent une centaine de grumiers garés sur le bord de la route qui attendaient la nuit pour passer le bac avec leur chargement d'arbres coupés qu'ils transportaient vers le port. En remontant la file des camions, les 4×4 passaient en revue le long convoi mortuaire d'arbres énormes que leurs phares éclairaient et qui renvoyaient l'éclat phosphorescent des yeux des animaux qui les habitaient encore.

Ben était passé dans la voiture des gendarmes pour laisser sa place à Achille dans celle conduite par Goodluck. Irène ne voulait pas céder la sienne près d'Éric. Sous prétexte qu'elle ne devait pas quitter son sujet, elle restait près de lui. Elle s'étonnait qu'un être qui avait provoqué chez elle toutes sortes de répulsions, de la plus immédiate et physique à la plus philosophique et politique, exerçât sur elle cette attraction. Le changement s'était produit à Ouregano, avec la perte de son réseau téléphonique, en le voyant si à l'aise dans un univers qui semblait hostile même à Goodluck. Il s'était conclu sur le bac quand il lui avait fait comprendre que, sans une certaine adhésion à la magie, on ne pouvait rien voir. Son article manquait de magie. Les faits ne sont rien si on ne choisit pas l'éclairage comme Ben le faisait pour ses photos. Elle s'était trompée, son éclairage était politique, il ne disait rien de l'intimité d'Éric, or l'intime débordait de cet homme. Il suffisait d'avoir l'oreille, et elle l'avait, celle qui traîne et accroche un mot qui agit en révélateur. La cécité des rivières, *Le pont de la rivière Kwaï,* l'immortalité biologique et le grand Gustav en disaient plus sur Éric que son prix Nobel. Elle savait maintenant qu'elle n'accompagnait pas un savant de soixante-sept ans, ventru avec un gros nez rouge et de vilains cheveux jaunes mais un adolescent perdu qui avait dû inventer son Afrique pour y survivre. Elle lui faisait confiance. De son côté, Éric la devinait moins hostile près de lui. Comme un sauveteur qui ramène sur la rive le corps d'un noyé, il sentait qu'elle ne se débattait plus en contrariant ses gestes. On en était au tout début d'un accord, presque une entente. Il connaissait bien le moment où les étudiants cédaient à son charme pour le porter à en dire plus encore, quitte à fanfaronner. Une journaliste hostile, des étudiants frondeurs, une femme inaccessible, il éprouvait toujours le même plaisir à les voir céder. Et il n'était pas mécontent de sentir le corps d'Irène non plus rétracté et déporté vers la fenêtre mais proche et apaisé comme après la peur. Son voile avait glissé sur ses épaules.

— La traversée a été si terrible que ça ? lui demanda-t-il.

— Non, répondit-elle, pas avec vous.

Il faillit lui prendre la main.

Achille assis près de Goodluck expliquait que l'enterrement ayant tout désorganisé, il avait prolongé le temps d'arrêt des camions pour ne pas empêcher leur passage. Le bac multiplierait ses traversées de nuit pour tout ingurgiter sur une rive et le régurgiter sur l'autre. Et se tournant vers Éric :

— Puis-je vous dire, Excellence, que vous ressemblez à votre père, ce cher docteur Paul Roman ?

— Vous l'avez connu ? demanda Éric qui voyait que l'homme avait quarante-cinq, cinquante ans à tout casser.

— Non hélas, dit Achille, mais à quelques années près j'aurais pu. Feu mon père l'a rencontré. Il a été si bon pour notre communauté – et prenant le ton un peu snob de celui qui dit sans le dire mais qui veut qu'on sache qu'il n'est pas n'importe qui : Goodluck vous a-t-il informé que nous sommes une très ancienne famille de lépreux, tous issus de la léproserie de Petit-Baboua ? Nous avons gardé les papiers du dispensaire et ceux des dames. Elles ont si bien soigné nos parents. Je vous montrerai tout cela, dit Achille satisfait.

— Dans les papiers il y a des photos ? demanda Irène.

— De ce cher docteur Paul Roman, certainement, chère Madame, ce n'est pas moi qui les ai classées mais notre archiviste pour enrichir notre petit musée de la colonisation et de la lèpre.

Et se tournant vers Éric :

— J'ai peur que vous ne soyez déçu. Petit-Baboua n'est plus le Petit-Baboua de votre époque, la ville a beaucoup perdu depuis la guerre. Les habitants se sont dispersés et l'État nous délaisse – et à l'adresse d'Irène : Nous avons été jusqu'à 800, certains disent 900, et nous ne sommes plus que 530.

— Quand vous dites « les dames », questionna Irène, vous faites allusion aux religieuses ?

— Aux religieuses belges mais aussi aux sœurs américaines qui leur ont succédé après l'affreux drame d'Ebola. Vous savez bien, Professeur, ce grand malheur. Nous sommes devenus des Enfants du ciel, poursuivit Achille en regardant Irène.

Il était allé aux États-Unis dans un grand pèlerinage, enfant du ciel parmi les Enfants du ciel, il toucha le galon bleu qui ornait son chapeau. Il avait pris l'avion, changé d'aéroport, prié dans des salles de congrès susceptibles de réunir dix fois la population de Petit-Baboua. Il s'était voué à la Vierge.

Il trouvait une heureuse coïncidence entre le destin d'Éric Roman et le sien :

— Nous avons fait le même chemin, cher Professeur, nous ne nous sommes pas trompés. Après ce que nous avons vécu ici, nous avons vous et moi choisi l'Amérique.

Bien sûr il était administrateur en chef du secteur mais si la guerre s'éternisait, si Petit-Baboua reculait, il partirait là-bas dans sa communauté spirituelle.

Éric pensait au bonheur de Nina en découvrant l'Amérique, au plaisir d'habiter une si belle maison et de laisser ses clefs sur le tableau de bord de sa voiture lorsqu'elle faisait ses courses dans des *malls* si grands qu'ils servaient de piste de course aux joggeurs. À cette pleine et entière satisfaction, Éric ajoutait son apaisement personnel. Il dirigeait un laboratoire de renom au cœur d'une université réputée, centre rayonnant d'une ville charmante qui se donnait des airs de campus chic. Le laboratoire, l'université, la ville formaient autour de lui des cercles protecteurs qu'il ne quittait que pour des voyages qui le conduisaient dans de pâles répliques de son lieu d'élection. L'Europe, la vieille Europe n'avait plus la force de soutenir la compétition, quant à la France… L'Afrique, il n'y pensait plus, même si parfois, une tempête, une inondation, un feu inextinguible la lui rappelaient par leur caractère démesuré et indomptable.

Côté animaux, il allait souvent au zoo où avec son ami Humphrey il s'était lancé dans la protection des espèces menacées. Pour les distraire de leur mélancolie, ils décidèrent que les chimpanzés rescapés du laboratoire et leur descendance apprendraient à lire. Cette occupation très prenante leur plaisait. Elle leur rappelait leur vie d'avant qui mobilisait un maximum d'humains autour d'eux. De nouveau, plusieurs fois par jour des deux-pattes diplômés se succédaient pour leur présenter des mots sur des écrans. Résultat, les chimpanzés tapaient à toute allure sur leurs tablettes pour réclamer des fruits, surtout des framboises ! Depuis, ils étaient passés aux échecs où ils excellaient, choisissant eux-mêmes le niveau de la partie.

— Le danger, dit Éric, c'est l'isolement, chacun derrière son écran !

28

Ils acceptèrent la proposition d'Achille de passer la nuit ou ce qu'il en restait dans le musée. Il y avait quatre pièces, on pouvait installer les gendarmes dans la plus grande, Ben à côté, Irène dans celle de devant, Éric dans celle de derrière. Et c'est ainsi qu'Éric, sans s'en rendre compte, se retrouva dans sa chambre d'enfant. Après une nuit de fatigue, un trajet chaotique sur une route défoncée, une maison que les phares avaient rapidement balayée, une lampe-tempête aveuglante les avait accueillis à la descente de leurs véhicules. Les lampes de poche des gendarmes avaient pris le relais pour inspecter rapidement les pièces et découvrir pour la satisfaction de tous qu'un lit picot avec sa moustiquaire les attendait.

— Ah ! ce n'est pas de refus, gémit Éric en s'effondrant sur son lit.

Il n'en était pas à se demander où il se trouvait, ni même où il pouvait être : quatre murs, une fenêtre, une porte, un lit et en prime une moustiquaire, que désirer de plus ! Il exprima sa satisfaction à Goodluck et à Achille :

— Vraiment vous êtes des types formidables – et appelant l'adhésion des gendarmes : Vous ne trouvez pas qu'ils sont formidables !

Achille essaya de justifier ce compliment en expliquant que lorsqu'il avait vu que les choses tournaient mal, que le bac avait été pris d'assaut pour l'enterrement, qu'ils n'arriveraient que dans la nuit, il avait fait équiper le musée et… – mais personne ne l'écoutait, l'attention retenue par Irène qui demandait où était la salle de bains, les toilettes quoi…

Ça, les types formidables n'y avaient pas pensé. La salle de bains ? Ils iraient chercher des seaux d'eau. Les toilettes ? Achille montra la nuit.

— Bon Dieu ! s'écria Irène surprise par l'ampleur du geste et l'obscurité absolue à laquelle il se rapportait.

— Ne vous inquiétez pas, dit le Major, on va vous accompagner – et il actionna sa lampe torche qui traça un sillon aveuglant devant la maison, réduisant à néant toute possibilité d'intimité.

Car, soit le type l'éclairerait et elle s'exécuterait sous cette lumière féroce, soit il écarterait la lampe et elle serait la proie de l'herbe, des buissons et des arbres et de tout ce qui pourrait en surgir.

Éric trancha :

— Assez de chichis, dit-il, tous au lit.

C'est au petit jour qu'il reconnut sa chambre d'enfant et retrouva miraculeusement le sentiment qui l'avait envahi quand le premier matin son père l'avait quitté et qu'il avait fait la connaissance du gardien gbaya. Il mit le nez à la fenêtre sûr et certain qu'il serait là, qu'avec ses pouvoirs magiques il était encore vivant. Pas de gardien mais Goodluck et Achille avec des porteurs d'eau pour la toilette. Il eut pour eux l'élan de reconnaissance qui l'aurait porté vers le gardien.

Il traversa la maison pour les rejoindre. La pièce principale était occupée par les gendarmes qui pliaient lits et moustiquaires pour faire de la place.

— Petit déjeuner ici dans trente minutes, et douche dehors sous le frangipanier, cria le Major de la voix ferme et enjouée d'un chef scout pour ses louveteaux.

L'allée qui conduisait à la tombe d'Hélène était effacée, l'arbre qui en marquait la place avait disparu. Il ne restait rien du tumulus de terre rouge qu'Éric avait connu ni des ronces qui s'y étaient emmêlées pour le protéger, rien de la petite croix de bois qui déjà, à son époque, était bien vermoulue. De l'herbe dure et plate, comme un gazon vénéneux, une herbe féroce qui gardait le sol de toute intrusion végétale. On a inventé le désherbant qui dénude le sol, se dit-il, mais la nature avait imaginé ce chiendent qui tue, étouffe, broie. Le corps d'Hélène avait nourri cette étendue verte qui s'étalait tout autour de lui. Effacement radical.

Il se tourna vers la maison et contempla longuement le bâtiment plat posé sur une terrasse à laquelle on accédait par six marches. Il eut l'impression que des fenêtres manquaient, avant de se rendre compte que la cuisine et la salle d'eau qui étaient accolées au bâtiment principal avaient été détruites. Il se tenait devant ce qui devait être autrefois la salle à manger et le salon. Ce qui changeait tout, c'était la pancarte de bois installée au milieu de la façade : « Petit musée de la colonie et de la lèpre ». La pancarte sur fond bleu portait une inscription cursive encadrée par le dessin de deux têtes rudimentaires, d'un côté celle d'un Blanc coiffé d'un énorme casque colonial et à l'autre bout un Noir de profil regardant dans un microscope dont s'échappaient des virgules censées représenter le bacille de Hansen.

— Épatant, dit Ben qui photographiait la façade – et tournant son appareil vers Éric : Vous voulez bien monter les marches ? Et maintenant les descendre. Juste là. Plus loin le regard !

Puis, écartant son appareil :

— Je rentre avec vous, on va explorer !

L'intérieur avait repris son allure de musée avec des tables et d'anciennes vitrines médicales à la structure de fer blanchie. Ce qui frappa Éric, ce furent les deux cantines kaki posées à terre qui portaient le nom et l'adresse du « médecin-capitaine Paul Roman, Petit-Baboua », avec ces caractères qu'on obtenait en peignant des lettres de métal en creux. Elles avaient mis cinquante ans à arriver. Il n'eut pas le cœur de savoir ce qu'elles contenaient encore, s'épargnant la déception de ne pas y retrouver ses livres ou les uniformes de son père. Pis, de voir apparaître des témoignages du passé et d'avoir le cœur saisi par un objet surgi de l'enfance, qui la lui rappellerait avec une force insoutenable.

Sur le mur de ce qui avait été autrefois le salon, des peintures sur bois exécutées par les lépreux. La Congrégation soignante reproduite à partir d'une photo de groupe tenait la place centrale. L'artiste avait dû donner un visage à chacune des religieuses car la photographie originelle qui témoignait de la réalité historique de ce groupe de six femmes ne montrait pas distinctement leurs traits. En revanche, sur le portrait, elles avaient uniformément des sourcils noirs qui rappelaient les ailes des hirondelles et leurs yeux fixes resplendissaient du bleu unique dont l'artiste disposait, si bien que leurs visages avaient le rendu fantomatique des yeux aveugles qui réfléchissent le ciel. Leurs noms étaient calligraphiés sous chacune des silhouettes. Éric fut heureux d'y retrouver celui d'Edwige, non parce que le portrait la représentait de façon réaliste mais parce que ce prénom venait de faire surgir le souvenir précis de la grande femme maigre qui lui apprenait le grec et qui avait nommé d'après la mythologie les enfants de la léproserie.

— Je voudrais vous présenter M. le Conservateur, qui est à l'origine de la création du musée, dit Achille en poussant vers Éric un bonhomme en chemise à manches longues et pantalon gris avec de larges lunettes rondes qui évoquaient plus le recyclage de l'optique dans le tiers monde que le choix d'un modèle rappelant les sixties.

Achille prononça un nom qu'Éric ne situait pas. Il ne s'agissait pas d'un Gbaya. Ce n'était pas tout à fait le type accueillant, heureux de rencontrer l'ex-propriétaire de l'espace qu'il avait aménagé mais plutôt un squatter prêt à faire respecter des droits douteux. Il est vrai que le musée, malgré l'extrême soin que les gendarmes avaient mis à effacer les traces de la nuit, se relevait à peine du dortoir que l'on y avait improvisé, lits pliants entassés dans un coin, sacs à dos dans un autre. Sur la table qui servait de bureau, Goodluck avait posé des tasses remplies de Nescafé.

— C'est au moment du démantèlement de la léproserie et de l'hôpital qu'il nous a semblé judicieux d'en conserver la mémoire pour les générations futures, annonça solennellement le conservateur. L'Unesco nous en a donné les moyens. À part la maison du docteur

Schweitzer à Lambaréné, il n'y a guère en Afrique de ces sortes de lieux de mémoire.

Il expliqua que la léproserie avait compté parmi ses lépreux un artiste qui avait peint les scènes du bagne sous la forme d'un chemin de croix comme on en trouve dans les églises pour rappeler l'agonie du Christ à laquelle peut se rapprocher celle du lépreux dans les lazarets qu'étaient « leurs soi-disant villages », il fit les guillemets avec les doigts.

Éric s'approcha des panneaux d'un bois épais, d'une robustesse et d'une dureté qui défiaient le temps, l'humidité et les insectes, et qui, exsudant l'huile de la peinture, avaient l'aspect un peu gras des vieilles icônes. L'artiste avait exagéré les mutilations de la lèpre. Ce n'étaient que visages rongés, corps tordus, moignons qui suppliaient que l'on mît fin au supplice de la réclusion et de la souffrance. Il avait reproduit l'arrivée du lépreux encadré par deux gendarmes, le mariage du lépreux en grande sarabande masquée, la naissance du lépreux comme une nativité au centre de laquelle brillait l'enfant nouveau. Et puis des événements plus banals, l'école des lépreux où Éric retrouva ses religieuses sans y reconnaître Edwige, la distribution de la Lomidine – c'était écrit dessous – et un panneau assez surprenant qui montrait un animal de grande taille dévoré au sol par la population rassemblée qui fouillait dans ses viscères, à grand renfort de rouge et de noir. La viande.

— C'est une super bande dessinée, commenta Karim pour alléger l'atmosphère.

— Un peu gore, non ? interrogea Ben qui photographiait chaque peinture. Vous avez des souvenirs comme ça ? demanda-t-il à Achille.

— Moi, non. C'était bien avant.

— Moi, si, répondit Éric, ce qui est là correspond à ma première vision de la léproserie. Je me suis toujours dit que mes souvenirs n'étaient que des fantasmes. Ces peintures témoignent de leur réalité à moins que la lèpre, dès qu'on l'évoque, ne se décline sur le mode des peurs primitives.

Comme en soutien à ce qu'Éric venait de dire, le conservateur se lança dans l'histoire de la lèpre importée d'Occident par le colonisateur.

— Hum, grogna Éric devant le groupe serré des gendarmes qu'Irène avait rejoint.

Des pour et des contre qui attendaient que le Nobel tranchât.

Le conservateur ne lui laissa pas le temps de répliquer.

— Vous ne pouvez pas nier que la lèpre a existé en Occident bien avant l'occupation de l'Afrique. Ce n'est pas nous qui avons inventé la crécelle, ni les lazarets. D'ailleurs, poursuivit-il, vous ne pouvez pas nier non plus que ce sont les Blancs qui ont apporté ici les grandes épidémies qui nous ont décimés, du sida à Ebola en passant par la malaria. « Mal aria », mauvais air en italien…

Puis se reprenant in extremis au moment où les gendarmes avec dignité se détachaient du groupe pour retourner à leur rangement :

— Je ne dis pas ça pour vous, Docteur – il fit une incidente : Je préfère docteur à professeur, votre découverte géniale nous sauve de la malédiction des rivières. Nous vous en remercions. Mais qui a empoisonné nos rivières ? Qui est responsable de ce désastre écologique ?

« Ici, les instruments de torture, continua le conservateur sur sa lancée en désignant la petite vitrine médicale.

— Je ne voudrais pas vous contrarier, dit Éric, mais ce ne sont que des instruments de chirurgie.

— Peut-être, répliqua sèchement le conservateur, mais quand on les utilise à vif, ils deviennent des instruments de torture.

Éric comprit qu'il ne devait pas engager une conversation sur l'insensibilité des membres gangrénés par la lèpre ou sur les protocoles d'anesthésie. La lèpre rejoignait sous ce toit la métaphore plus large de la colonie, l'une nourrissant l'autre.

— Vous avez beaucoup de visiteurs ? demanda-t-il pour changer de sujet.

— Oui, nos amis chinois surtout. Mais nous en aurons encore plus lorsque les archives seront classées. Nous avons récupéré tout ce que nous pouvions, les dossiers des lépreux, les comptes rendus opératoires, les documents médico-légaux, les listes de commande d'outils, jusqu'à celles de la nourriture. Imaginez-vous qu'un lépreux n'avait droit qu'à 56 grammes de viande par semaine ! 56 grammes, c'est quoi ? Un poussin ?

Il reprit :

— Pour l'instant j'ai classé les dossiers par année. Un jour, un chercheur viendra en tirer la substantifique moelle.

Irène se sentit rappelée à la vie, l'ancienne élève de khâgne qui avait échoué au concours d'archiviste prit le pas sur la journaliste du *Grand Magazine* ou plutôt l'inspira.

— Où sont ces documents ? demanda-t-elle. Puis-je y jeter un coup d'œil ?

Le conservateur lui indiqua la salle à manger dont les murs étaient couverts d'étagères remplies de documents.

Irène se mit à fouiller dans les dossiers classés par année. Éric la regardait faire comme si elle l'autopsiait vivant. L'index de la jeune femme courait sur les tranches des dossiers.

— 50, 60… 1966, dit-elle, bonne pioche – elle retrouvait tous ses réflexes d'archiviste : Que nous dit l'année 66 ?

Elle prit aussi 67, 68… dossiers de malades, bilans, rapports, résumés, comptes, lettres administratives, bordereaux et puis, surprenant, un tas de feuilles agglomérées. Les cafards avaient dévoré le dos du manuscrit et les mites du papier avaient grignoté le texte ligne à ligne en suivant le tracé de l'encre. Les feuilles ressemblaient à une dentelle dont l'écriture, comme du braille en creux, livrait un texte fantôme qui n'était lisible qu'en transparence. En examinant la première page à contre-jour, Irène lut, légères et ajourées, des lettres qui formaient : « *Squire Trelawney, Dr. Livesey, and the rest of these gentlemen having asked me to write down the whole particulars about Treasure island…* »

Elle se tourna vers Éric.

— Alors, lui dit-elle, tout est vrai ?

— Tout ? répéta-t-il, je ne sais pas. Je vais prendre l'air.

29

Là, assis sur les marches de la terrasse où il avait été battu et où son sang avait coulé, là où il revoyait la colère du père, un flot d'images retenues l'envahit avec la violence d'un barrage qui cède. Il aurait voulu mourir couché en boule sur la tache du sang, revenir crever à la place où il était mort. Il s'entendit parler à Ben, qu'importe que ceux qui passent écoutent ce qu'il disait. Au point où il en était, le comble de la misère, les mots couraient après les images, comme un mauvais acteur qui peine à suivre au doublage le texte qui défile à toute allure sous ses yeux. Un vieillard poursuivait un enfant de treize ans. Il n'en avait plus la force et la vélocité. Ce qu'il avait vécu était insupportable à revivre. Les sentiments qui surgissaient étaient trop intenses pour un cœur fatigué.

Il avait ramené le tout petit singe du village. Et très vite il s'était trouvé devant un problème insoluble : comment nourrir un chimpanzé de quinze jours arraché à sa mère puis enlevé à la femme qui l'avait allaité. Du lait, il y en avait à la cuisine mais en boîte et concentré sucré. Dans quelles proportions le délayer ? La température de l'eau? Comment improviser un biberon? Une bouteille, il pouvait trouver ça, mais une tétine? Il trempa un coin de torchon dans le lait sirupeux pour faire une mèche qu'il mit entre les lèvres du nourrisson qui refusa de téter. Il tournait la tête chaque fois qu'Éric lui présentait la bouteille ou voulait insérer le bout de tissu humide et sucré dans la bouche qui cherchait le sein. Il fouillait fébrilement le torse, le cou, le menton d'Éric. À bout de ressource, Éric utilisa une petite cuillère pour introduire le liquide dans une bouche que le chimpanzé tenait serrée et qu'il devait ouvrir en pressant sur les deux côtés de la mâchoire. Reprenant espoir quand le lait passait et que le petit déglutissait pour ne pas étouffer, désespérant quand le lait filait par la commissure des lèvres et glissait le long des poils sur la poitrine.

Le lait concentré collant les poils du torse du tout-petit resta à jamais la marque de l'impuissance quand on va au-delà du raisonnable pour sauver une vie coûte que coûte. Il offrit sa bouche, le singe détacha une lèvre qu'il téta désespérément. Quand on en arrive là! Quand à treize ans on en arrive là, on a fait l'expérience ultime du désespoir.

— À ceux, dit-il en s'adressant à Ben qui le regardait, qui diraient: « Tout ça pour un animal! », je répondrais que ce n'était pas un animal, ou que c'était un animal comme nous, ou plus encore une créature sublime!

— Rose Lawrence, répondit Ben, pensait comme vous, elle les appelait les « magnifiques » ou les « merveilleux » et vous, cela m'a touché, vous avez dit: « mes pauvres petits bourgeois de Calais ».

Mais ce n'était que le début.

Le singe, il fallait le cacher à son père. Une caisse au fond de la cuisine en demandant aux domestiques de se taire puis se retrouver face à l'urgence dès que le père partait à l'hôpital. Aucun secours des brigands de l'*Hispaniola* qui vaquaient en boudant à leurs tâches. Nourrir un singe, ils ne savaient pas, ils n'avaient jamais fait ça. Éric y voyait comme du dégoût à moins que ce ne fût une grande répugnance devant une situation contre nature dont on les forçait à être les témoins secrets. Un jour viande, un jour Dieu, le statut du chimpanzé n'était pas clair.

— Viande parce que Dieu, murmura Ben, et qu'il faut en manger au moins une fois pour garantir l'au-delà.

Un, deux, trois jours, le singe entra en agonie : l'œil immense, le ventre creux, le thorax soulevé par les battements affolés du cœur.

Il alla le rapporter à la femme qui l'avait allaité pour qu'elle le nourrît à nouveau. Mais devant l'état du bébé, elle refusa. D'ailleurs il n'avait pas payé et le singe était maintenant avarié. Un homme lui demanda au nom de quoi il commandait à une femme de nourrir un cadavre. Il partit sous les injures.

Il vit la mort quand elle bleuit les yeux qu'elle a troublés. Il garda contre lui le corps du petit qui refroidissait.

Le soir il eut à rendre compte de son crime.

Le village du singe était monté jusqu'à la maison. D'abord quelques échanges furtifs avec les domestiques et au fur et à mesure que les gens se regroupaient des éclats de voix qui attirèrent le médecin-capitaine Roman sur la terrasse.

— Qu'est-ce qui se passe ? Une mutinerie ? Pourquoi ?

Il était question d'un singe emporté sans avoir été

payé. D'un singe rapporté pourri crevé. D'une femme insultée. Pour qui les prenait-on ?

— Trop c'est trop, cria un grand type. Vous vous croyez au temps de la colonisation ou quoi !

Le médecin-capitaine broncha, on ne lui parlait pas comme ça. On ne venait pas chez lui pour le provoquer.

— Pas toi, dit l'homme, lui – en désignant Éric.

— Toi, fit le père, tu peux m'expliquer ?

Expliquer ? Il n'y avait qu'à dérouler les faits.

— Tu croyais me cacher ça longtemps ?

Il ne croyait rien.

— Et il est où, ce singe ?

— Je ne sais pas, fit Éric.

Éric, tête baissée, entra dans le rôle si banal du criminel qui nie l'évidence. Et comme un criminel, il fut cuisiné. On chercha le corps. On le trouva, ce n'était pas difficile. La tombe d'Hélène était le cimetière. On le déterra. On le lui mit sous les yeux. Il les ferma. Les témoins surgirent pour dire qu'il avait essayé de les corrompre en les faisant complice du vol du lait puis en tentant de prendre l'argent des courses et pire en les menaçant pour se faire donner leur paye et leurs économies.

— Tu avoues ?

On ne peut rien avouer quand la vérité est racontée par les autres.

30

Ben regardait Éric qui plaquait nerveusement sa mèche de cheveux sur son crâne. C'était un homme en vrac, complètement désarticulé dont le corps s'effondrait. Il n'y a que l'extrême dénuement qui défait les corps à ce point et laisse la tête glisser dans le caniveau. La plupart du temps sous l'œil de la caméra pour rester maîtres de l'image, les êtres les plus abîmés se ressaisissent et se redressent dans un dernier affrontement.

— Vous savez, Rose Lawrence m'a dit la même chose. Elle était accablée d'avoir perdu tant de gorilles nourrissons après les avoir vus croiser les bras et quitter les humains du regard. Le gorille de la photo, le célèbre Coco, était un survivant à qui elle rendait grâce de chaque goutte de lait qu'il avait accepté de boire, à la cuillère, comme vous, dans un geste désespéré. Elle l'avait tenu dans son regard, refusant de le voir tourner la tête, attendant la déglutition. Elle m'avait confié à quel point elle se sentait coupable vis-à-vis de la population de nourrir les survivants avec des laits maternisés hors de prix qu'elle faisait venir par avion alors que les enfants des soigneurs manquaient de tout. Elle s'était consolée en se disant que les gorilles étaient une ressource pour les locaux qui les promenaient, les élevaient, les portaient, et que plus tard, sa mission accomplie, elle serait heureuse de leur offrir une forêt repeuplée. Et patatras, voilà Ebola et tous les gorilles décimés. Restait Coco, tout dénaturé qu'il fût, tout humanisé, plus tout à fait un singe, déjà un homme qui s'alanguissait quand elle l'appelait. Après l'avoir caressé et embrassé, elle le renvoyait à la forêt dont il ne voulait pas.

— Malgré lui, malgré elle, dit Éric.

Le Major les interrompit, l'hélicoptère était sur le point d'arriver. Il les déposerait à Ouregano où un avion les attendait déjà pour les ramener dans la Capitale rejoindre celui du président.

Ben se dirigea vers l'intérieur de la maison pour prévenir Irène qui avec son iPhone photographiait en rafale ses dossiers.

— Nous partons, lui dit Ben.

— Déjà, regretta-t-elle, il n'est pas midi.

— Nous serons à l'aéroport pour treize heures. En France, ce soir – et après un silence : Il y en a un qui va être déçu quand il apprendra que son Nobel a décidé de regagner dans la foulée les États-Unis. Ses chimpanzés l'attendent.

— Tu as pu faire les images que tu voulais ? demanda Irène soudain inquiète.

— Les fantômes sont difficiles à mettre en boîte, répondit Ben. Je n'ai pas de jeune femme blonde, je n'ai pas de chimpanzé, je n'ai pas de lépreux. Je n'ai pas le père.

— Tu as remarqué ?

— Quoi ?

— Les yeux d'Éric… ils ont le bleu de l'enseigne, le bleu des peintures, le bleu du regard des nonnes qui voient la Vierge.

— Le bleu de ceux qui regardent les rivières.

— Drôle de métier, dit Irène, où l'on enquête pour chercher ce qui se trouve derrière les apparences et où, une fois qu'on l'a découvert, on s'efforce de recoller avec de jolies phrases le masque que l'on s'en veut d'avoir déchiré. Moi, j'ai ça ! dit-elle en brandissant le manuscrit.

Ils entendirent le bruit de l'hélicoptère en approche, ils sortirent et le virent descendre sur eux, en rotations qui visaient lentement le centre du jardin. Les feuillages se couchèrent.

— Allez, vite, commandèrent les gendarmes.

— Depuis le Vietnam, dit Éric, monter dans un hélicoptère, c'est toujours un abandon et une fuite.

Il savait ce qu'il abandonnait, il savait ce qu'il fuyait.

Irène avait encore le manuscrit entre les mains, si on peut appeler ainsi cet agglomérat de bave et d'excréments, entièrement récrit par les insectes. Elle fut tentée de le garder mais le volume appartenait à une histoire si particulière qu'elle risquait de ne pas être comprise en dehors de Petit-Baboua. Elle le tendit à regret au conservateur qui le prit, l'air dégoûté.

Les injonctions des gendarmes précipitaient le mouvement, ils encadraient Éric pour le faire avancer en sécurité vers l'hélicoptère. Ben Ritter, casque sur la tête, était déjà installé dans l'appareil.

— Allez, go, crièrent les gendarmes à Irène, à vous !

Tête, bras et jambes nus, elle fila vers l'hélicoptère. Quelle journaliste je suis, se dit-elle dans une gaieté pleine de surprise. Je sais courir la tête rentrée et le dos courbé sous les rotors comme une vraie reportère de guerre !

Dans la cabine, elle s'ébroua et regarda Éric en souriant. Il lui répondit en levant le pouce. Elle y vit plus qu'un encouragement ou une reconnaissance, un adoubement. Elle existait enfin. L'hélicoptère s'éleva, elle jeta un coup d'œil dehors : sur la terrasse, Achille, Goodluck et le conservateur leur faisaient des signes, et en bas des marches les gendarmes observaient leur bruyante ascension. Elle regretta de ne pas s'être intéressée à ces trois garçons dont elle avait partagé deux nuits et deux jours. À part Karim, le régional de l'étape, elle ne connaissait même pas leurs noms. Major, Second, qu'est-ce que cela voulait dire ? Leurs vies, leurs histoires, elle ne s'en était pas préoccupée. Elle les avait réduits à leur fonction, de simples utilités.

Éric regardait le paysage que l'hélicoptère, en prenant de l'altitude, élargissait jusqu'à une savane buissonneuse et réduisait à quelques toits de paille dispersés. Le petit musée de la colonie et de la lèpre avait disparu et les rivières apparurent. Elles n'étaient pas deux comme il le croyait mais cinq, six, plus ou moins larges, plus ou moins brunes, noires avec des taches jaunes, des ocelles bleus et des écailles dorées. Glissantes, fuyantes, elles se tordaient pour forcer le passage sur lequel veillait le grand Gustav. Pris dans l'angle où l'hélicoptère l'aborda, le nœud de rivières brillait sous le soleil avec une telle intensité qu'ils en furent tous aveuglés.

Ont été du voyage : Tobie Nathan, Dominique Laugé, Guillaume Lachenal, Nicolas Constant et Guillaume Bourgeade.

Composition Entrelignes (64).
Achevé d'imprimer
sur Roto-Page
par l'Imprimerie Floch
à Mayenne, en février 2022.
Dépôt légal : février 2022.
Numéro d'imprimeur : 99929.

ISBN 978-2-07-296967-6 / Imprimé en France.

404412